कोरोनानामा
बुजुर्गों की अनकही दास्तान

(रिपोर्ताज-संग्रह)

कोरोनानामा

बुजुर्गों की अनकही दास्तान

(रिपोर्ताज-संग्रह)

संपादक

अमित राजपूत

प्रभात
पेपरबैक्स
www.prabhatbooks.com

प्रकाशक

प्रभात पेपरबैक्स

4/19 आसफ अली रोड, नई दिल्ली-110002

फोन : 23289777 • हेल्पलाइन नं. : 7827007777

इ-मेल : prabhatbooks@gmail.com ❖ वेब ठिकाना : www.prabhatbooks.com

संस्करण

प्रथम, 2021

CORONANAMA : Buzurgon Ki Ankahi Dastaan
Ed. Shri Amit Rajpoot

Published by **PRABHAT PAPERBACKS**
4/19 Asaf Ali Road, New Delhi-110002

ISBN 978-93-90378-17-3

थावरचंद गेहलोत
THAAWARCHAND GEHLOT
सामाजिक न्याय और अधिकारिता मंत्री
भारत सरकार
MINISTER OF SOCIAL JUSTICE
AND EMPOWERMENT
GOVERNMENT OF INDIA

सत्यमेव जयते

कार्यालय : 202, सी विंग, शास्त्री भवन,
नई दिल्ली-110115
Office : 202, 'C' Wing, Shastri Bhawan,
New Delhi-110115
E-mail : min-sje©nic.in
Tel.: 011-23381001, 23381390,
Fax: 011-23381902
दूरभाष : 011-23381001, 233811390,
फैक्स : 011-23381902
इ-मेल : min-sje©nic.in

संदेश

मुझे यह जानकर बड़ी प्रसन्नता हो रही है कि 'दादीदादा फाउंडेशन' वैश्विक महमारी कोविड-19 के दौर में हमारे बुजुर्ग नागरिकों का विशेष ध्यान रखने और उनकी बेहतरी की दिशा में सराहनीय कार्य करनेवाली संस्था है। इन्होंने कोरोनाकाल में देश भर से कुछ सुखद आश्चर्यजनक घटनाओं का संग्रह कर उनका विश्लेषण किया और इसमें से वृद्धजनों की सेवा, सहयोग ओर सम्मान के कुछ अप्रतिम उदाहरण प्रस्तुत करने वाली उत्कृष्ट, सराहनीय और अनुकरणीय घटनाओं पर आधारित रिपोर्ताज-संग्रह 'कोरोनामाना : बुजुर्गों की अनकही दास्तान' का प्रकाशन कर रहे हैं। मैं इस रिपोर्ताज-संग्रह 'कोरोनामाना : बुजुर्गों की अनकही दास्तान' के संपादक युवा स्तंभकार श्री अमित राजपूत तथा फाउंडेशन के निदेशक श्री मुनिशंकर को बधाई देता हूँ और इस नेक काम की प्रशंसा करता हूँ।

शुभकामनाओं सहित...

11.8.20

(थावरचंद गेहलोत)

भूमिका

हिंदी फीचर फिल्म 'दूर गगन की छाँव में' का किशोर कुमार द्वारा गाया हुआ गीत—"आ चल के तुझे, मैं ले के चलूँ। एक ऐसे गगन के तले···जहाँ गम भी ना हो, आँसू भी न हो, बस प्यार ही प्यार पले···" तो सब ने सुना ही होगा! सच में, अगर गगन के तले कहीं ऐसा संसार है तो वह बस दादी और दादा की गोद व उनके प्यार की छाँव में है। 'दादी-दादा फाउंडेशन' एक ऐसे ही संसार की कल्पना को सँजोने का सामूहिक प्रयास है, जिसमें हर नौनिहाल को उसके संस्कार व परवरिश में दादी-दादा और नानी-नाना का दुलार मिले। साथ ही हर बुजुर्ग को उसके बुढ़ापे में वही सम्मान, प्यार और सेवा मिल सके, जिसके वे हकदार हैं।

'दादी-दादा फाउंडेशन' की शुरुआत उत्तर प्रदेश के प्रयागराज में मेजा तहसील के गंगा और टौंस नदी के मुहाने पर बसे सिरसा में शाम के धुँधलके में पिताजी (अब स्वर्गीय) के साथ एक वार्त्तालाप के दौरान हुई थी, जब उन्होंने बताया कि हमारे पड़ोस में अमुक व्यक्ति के पाँच बच्चे (सभी सक्षम) थे, लेकिन उन्हें अपने अंतिम क्षणों में उनकी दैनिक कार्य तक के लिए पड़ोसी का सहयोग लेना पड़ रहा था। इतना ही नहीं, उनके देहावसान के बाद गाँववालों ने ही अंतिम संस्कार किया, क्योंकि उस बुजुर्ग के बच्चों को उनके पिता के पास पहुँचने में दो दिन लग गए थे।

उफ्फ! भौतिकतावाद, सांसारिकता एवं अधिकारों की दौड़ में अंधी

आज की पीढ़ी अपने दायित्वों से विमुख हो चुकी है। गंगा माँ की आँचल में टहलते हुए पिताजी ने ही मुझे आभास कराया कि जिन रिश्तों ने हम जैसों को सफलता की सीढ़ियाँ चढ़ने में अपना सर्वस्व न्योछावर किया है, हम उन्हीं को सबसे कम तवज्जो दे रहे हैं। वास्तव में इन बुजुर्गों की कीमत हमें तब पता चलती है, जब अपना बच्चा ही कहता है कि अच्छा! आप दादी के घर जा रहे हैं क्या? अब भला उसे कैसे समझाएँ कि उस दादी का घर वही है, जहाँ मैं घुटनों के बल चलकर यहाँ तक पहुँचा हूँ और यह जो सबकुछ है, का परिचय आज भी उसी घर से होता है।

इन्हीं बातों से आगे बढ़ते हुए मेरे पिता श्री रामेंद्र मणि पांडेयजी ने कहा था कि आज भले ही सब भारत को युवाओं का देश मानकर केवल रोजगार, युवा और संभावनाओं पर बात कर रहे हैं, लेकिन वास्तव में अगर हम सही समय पर अपने बुजुर्गों के प्रति संवेदनशील नहीं हुए या उनकी महत्ता के बारे में नहीं चेते तो जल्द ही हम अपनी सांस्कृतिक जड़ों से कटे एक ऐसे देश का निर्माण कर देंगे, जिसमें संवेदनाओं का अभाव होगा और फिर यह देश भावनात्मक रूप से रेत सा गरम हो जाएगा। मुझे अच्छे से याद है, जब मुझे समझाते हुए मेरे पिता ने मुझसे कहा था, "अगर हम सबको अपने देश के सामाजिक ताने-बाने को बचाना है तो केवल बुजुर्ग ही उसका माध्यम हो सकते हैं।"

वास्तव में समाज के वरिष्ठजन दो पीढ़ियों के उस पुल के समान होते हैं, जो संस्कार और संवेदनाओं के मजबूत वाहक होते हैं। आज जब मैं मुड़कर थोड़ा पीछे देखता हूँ तो समझ पाता हूँ कि मेरे पिताजी ने जो बातें मुझसे नदी के तीर पर कही थीं, वे कितनी भविष्योन्मुख थीं। आज हमारा 'दादी-दादा फाउंडेशन' उन्हीं के सपनों को जमीन पर उतारने का एक सामूहिक प्रयास है।

इन दिनों, जबकि कोरोना वायरस (कोविड-19) ने पूरी दुनिया को हर प्रकार से प्रभावित किया, दुनिया भर में सबसे ज्यादा मौतें वैश्विक समाज में वरिष्ठ नागरिकों की ही हुई हैं। दुनिया के तमाम बड़े देशों के

बुजुर्गों के संस्थागत सेवा के मॉडल्स तहस-नहस हो गए। कनाडा जैसे विकसित देश को अपने बुजुर्गों को बचाने के लिए सेना लगानी पड़ी। उनके प्रधानमंत्री ने सार्वजनिक रूप से स्वीकार भी किया कि उनकी पीढ़ी ने बुजुर्गों की सेवा में घोर लापरवाही की है। हालाँकि भारत की कहानी इस संकटकाल में दुनिया से थोड़ी अलग है। यहाँ आज भी नागरिक-समाज हो या देश के आमजन, सभी के लिए रिश्ते ही सर्वोपरि हैं। दुनिया के अन्य देशों की अपेक्षा भारत के लोग अपने रिश्तों के प्रति अधिक गंभीर होते हैं। यही कारण है कि बुजुर्गों की देख-रेख के मामले में भी हमारा देश दुनिया के दूसरे देशों से बेहतर स्थिति में है। तथापि यहाँ भी हालात चिंताजनक अवश्य है।

एक रोज मैं बुजुर्गों की ही किसी चिंता में डूबा था कि अचानक सोशल मीडिया के किसी प्लेटफॉर्म पर मुझे जानकारी मिली कि चर्चित लेखक और हमारे मित्र श्री अमित राजपूतजी कोरोनाकाल में हुए लॉकडाउन से उपजी विद्रूपताओं पर सच्ची घटनाओं का एक सजीव संस्मरण-संग्रह का संपादन कर रहे हैं। मैं राजपूतजी से बड़ा मुतासिर हुआ। मैं उन्हें फौरन फोन कर उनके काम की तारीफ की और फिर मैंने उनसे कहा कि हमें भी कुछ ऐसी घटनाएँ बताएँ, जो समाज को बुजुर्गों के योगदान से परिचिय कराए। तो बातों ही बातों में अमितजी ने कहा कि "आप कहें तो पूरा रिपोर्ताज ही हम बुजुर्ग के लिए लेकर आएँ। बस, आप दो-तीन दिन मुझे सोचने का अवसर दीजिए।" फिर मैंने अमित के उत्साह को और बढ़ाते हुए कहा कि यह अपने बुजुर्गों के प्रति ऋण चुकाने का सही अवसर है। हालाँकि इस काम को आगे कैसे करना है। यह मुझसे बेहतर अमित राजपूत ही जानते थे, लिहाजा मैं उनके जवाब का इंतजार करता रहा। अपनी व्यस्तताओं के कारण अमितजी ने मुझे सप्ताह भर बाद फोन किया और स्पष्ट किया कि उनकी जानकारी में दशक भर से हिंदी साहित्य में रिपोर्ताज नहीं लिखे गए हैं। इस कारण और जैसा कि उन्होंने पूर्व में भी मुझसे कहा था कि वे बुजुर्गों पर पूरा

रिपोर्ताज लेकर आएँगे और कोरोनाकाल में देश भर में घटी बुजुर्गों की सच्ची, विशिष्ट, रोमांचक और प्रेरणादायी अनसुनी घटनाओं पर एक रिपोर्ताज-संग्रह का संकलन करेंगे।

इसके बाद यकीनन मुझसे अधिक अमित राजपूतजी ही इस संकलन की दिन-रात चिंता करते रहे और अपनी जिन दो पुस्तकों—'आरोपित एकांत : कोविड-19 के कोपाकुल-काल का परिदृश्य' एवं 'जान है तो जहान है' पर वे काम कर रहे थे, उन्हें पूरा करने के बाद वो सीधे बुजुर्गों की अनकही दास्तानों पर केंद्रित इस रिपोर्ताज-संग्रह के संकलन और संपादन में जुट गए।

अमित और उनकी टीम के लिए लॉकडाउन में सच्ची घटनाओं को तलाशना और उन्हें फॉलो करना बहुत ही मुश्किल भरा काम रहा। सबसे महत्त्वपूर्ण चुनौती तो अमितजी के सामने यह रही कि उन्होंने जिन सम्मानित लेखकों या रिपोर्टर्स को अपनी कहानियों के लिए चयनित किया था, उन्हें ढाँढ़स बँधाकर रखना और उनके साथ समन्वय बनाकर रखना। फिलहाल, सामाजिक आपातकाल में तमाम चुनौतियों और मुश्किलों का सामना करते हुए अमितजी ने हम सभी के लिए कोरोनाकाल में बुजुर्गों पर केंद्रित एक रिपोर्ताज-संग्रह तैयार कर दिया, जिसका नाम रखा—'कोरोनानामा : बुजुर्गों की अनकही दास्तान'।

पुस्तक 'कोरोनानामा' तमाम खासियतों से लबरेज एक दिलचस्प पुस्तक है। यह मूलतः रिपोर्ताज-संग्रह है, जिसमें कुल आठ रिपोर्ताज शामिल हैं। इसे अमित जी के समतामूलक दिलोदिमाग का परिणाम कहें या फिर इत्तेफाक कि संग्रह में शामिल इन आठ रिपोर्ताजों में चार रिपोर्ट पुरुष लेखकों द्वारा लिखी गई हैं और चार महिला लेखकों द्वारा। खैर, पुस्तक की मात्रात्मक विशेषता यह है कि इसे आप एक बैठक में पढ़ लेंगे और गुणात्मक विशेषता यह है कि जब आप इसे पढ़ना शुरू कर देंगे तो बिना पूरी पढ़े पुस्तक को छोड़ेंगे नहीं।

इस पुस्तक में शामिल प्रत्येक रिपोर्ट एक-दूसरे से अनेक प्रकार

से भिन्न है। हरेक रिपोर्ट आपको बुजुर्गों के एक नए स्वरूप से परिचित कराती है। इसके अलावा यह पुस्तक 'कोरोनानामा' बुजुर्गों के प्रति हमें संवेदनशील बनाने का एक उपक्रम है। इसके आठ अध्याय हमें बुजुर्गों पर चिंतन के आठ अलग-अलग आयाम देते हैं, जिनके विचार-मार्ग पर चलकर हमें अपने आधार के करीब पहुँचने और उसकी महत्ता को महसूस करने का साधन मिलता है।

बानगी के तौर पर श्री अमित राजपूत के इस रिपोर्ताज-संग्रह 'कोरोनानाम: बुजुर्गों की अनकही दास्तान' की एक रिपोर्ट से ही हमें पता चलता है कि आखिर हमारा हिंदुस्तान दुनिया के दूसरे दशों से बुजुर्गों के प्रति संवेदनशीलता में अपेक्षाकृत अधिक गंभीर और संवेदनशील क्यों है। मालूम होता है कि डॉ. उपेंद्र पांडेय जैसे लोगों के हिंदुस्तान में होने से, जो रिश्तों में ही अपना संसार देखते हैं, से देश का मस्तक ऊँचा होता है। पाँच महीने लगातर इस लॉकडाउन में 62 वर्षीय डॉ. पांडेय ने अपनी 69 वर्षीय बहन और 71 वर्षीय बहनोई की पूरी तल्लीनता के साथ सेवा की है। श्री अमित राजपूतजी का यह रिपोर्ताज-संग्रह 'कोरोनानामा : बुजुर्गों की अनकही दास्तान' ऐसी ही कुछ विशिष्ट घटनाओं का संग्रह है। इसमें समाज के अलग-अलग भौगोलिक क्षेत्रों और अन्य सामाजिक बनावटों का समावेश है। निश्चित रूप से 'कोरोनानामा' के रूप में मेरे मित्र श्री अमित राजपूतजी द्वारा हम सबको दिया गया एक खास उपहार है, जिससे हमारा समाज बुजुर्गों के होने के मायनों को समझेगा। इस रिपोर्ताज को पढ़कर जब वह समझेगा कि कोरोनाकाल जैसे सामाजिक आपातकाल में भी हमारे बुजुर्ग किन भूमिकाओं में उपस्थित रहे, तो निश्चित रूप से युवाओं को अपनी जवानी पर तरस आएगा और बुजुर्गों के सम्मान में उनका दिल वो दरख्त होने की कोशिश करेगा, जिसकी छाँव में वरिष्ठों की खाट पड़े और उनकी चौपालों की मस्तियों में मन मगन हो जाए।

मैं इस नेक काम के लिए मित्र श्री अमित राजपूतजी और उनके

सहयोगी लेखकों को शुभकामानाएँ देता हूँ। हार्दिक बधाई!

श्री अमित राजपूतजी का संपादन अपनी लयबद्धता और समरूपता के लिए जाना जाता है। लिहाजा नि:संदेह यह पुस्तक भी उससे जुदा नहीं है। पुस्तक की भाषा प्रांजल और रुचिकर है। यह देश-दुनिया के आम जनमानस के लिए सुगम व पठनीय पुस्तक है। इस दुनिया में यदि आपका अवतार नहीं हुआ है, यानी कि यदि आपको किसी ने जना है तो हर हाल में आपको अपने जनक के प्रति कृतज्ञता और दायित्वों को समझने या उनका बोध करने के लिए इस पुस्तक 'कोरोनानामा' को जरूर पढ़ना चाहिए।

इसीलिए मैं कहता हूँ कि श्री अमितजी ने 'कोरोनानामा' के रूप में यह जो उपहार हमें दिया है, बेशकीमती है। यह 'दादी-दादा फाउंडेशन' के लिए एक अनमोल धरोहर है। अतएव हम श्री राजपूतजी के प्रति बहुत आभारी हैं। इसी क्रम में मैं 'दादी-दादा फाउंडेशन' के सलाहकार मंडल के सदस्य श्री रमन अग्रवाल, श्री के.आर. गंगाधरन, श्री सुभाष शर्मा, श्रीमती सिमरत गुलाटी, श्री के.जी. सुरेश एवं सुनील वशिष्ठ सहित फाउंडेशन के कार्यों में लगातार सहयोग के लिए दिव्या कुमारी और सर्वेश तिवारी के प्रति भी आभार व्यक्त करता हूँ।

मेरे बड़े भाई एडवोकेट ध्यान शंकर पांडेय, इंडिया थिंक काउंसिल के निदेशक सौरभ पांडेय, वरुण वशिष्ठ, राहुल शर्मा, अभिषेक सोनकर, रेशू त्यागी, वनिता दौलिया, अंतशा वैराग्या, स्तुति शुक्ला के प्रति भी मैं आभारी हूँ, जिन्होंने लगातार 'दादी-दादा फाउंडेशन' के प्रत्येक कार्य में आगे बढ़कर सहयोग किया है। मैं बहुत भाग्यशाली हूँ कि मुझे आशीष, विशाल, शिखर, संदीप, नितिन, अभिषेक, विनव, हरिओम, अनुज, अमित, मनीष और आकाश जैसे सहृदयी मित्र मिले, जिन्होंने कठिन-से-कठिन समय में मेरा हाथ पकड़े रखा। फिलहाल, रिश्तों और संवेदनाओं के जगत् में सर्वोच्च दर्जा रखनेवाली माँ के जिक्र के बिना कोई बात पूरी कैसे हो सकती है! कोरोनाकाल के दौरान अब तक केवल एक अच्छी

बात हुई कि पंद्रह वर्षों के बाद इतना वक्त मिला कि मैं अपनी माताजी के साथ तसल्ली से, बिना किसी जल्दबाजी के वक्त गुजार पाया। शब्दों की दुनिया में कोई शब्द ही नहीं, जो उनकी ममता, लाड़ और दुलार को मापकर आभार दे सके। उनके लिए बस इतना ही कहूँगा कि माताजी, आपने ही ऐसे संस्कार दिए कि आज आपका यह दुलारा समाज में अपनी एक छोटी सी पहचान बना सका। जो कुछ भी अर्जित किया, वह सब आपके आशीर्वाद का प्रतिफल है।

अंततः मैं पुनः इस रिपोर्ताज-संग्रह 'कोरोनानामा' के संकलनकर्ता और संपादक मित्रवर श्री अमित राजपूत को इस पुनीत कार्य के लिए बधाई देता हूँ।

शुभकामनाओं सहित…

मुनिशंकर

(मुनिशंकर पांडेय)

निदेशक, दादी-दादा फाउंडेशन

info@dadadadifoundation.in

संपादकीय

आपको यदि दीर्घायु होना है, उच्च शिक्षा प्राप्त करनी है या अपने ज्ञान के भंडार को बढ़ाना है, आप चाहते हैं कि आपकी कीर्ति दिगदिगंत तक फैले, समाज में चारों ओर आपका सम्मान हो, चहुँदिश मान बढ़े या फिर आप चाहते हैं कि आपके शरीर और व्यक्तित्व का बल बहुत ज्यादा बढ़ जाए, तो इसके लिए एक नुस्खा है। इस नुस्खे को तैयार करने में कोई विशेष खोखट नहीं है और न ही यह महँगा है। इसे प्राप्त करने के लिए आपको किसी व्यक्ति विशेष की चरउरी भी नहीं करनी है। यह तो पूरी तरह से केवल आपके ही वश में है और उक्त चीजों को प्राप्त करनेवाला यह नुस्खा है—वृद्धों की सेवा। उनके प्रति सेवाभाव।

अभिवादनशीलस्य नित्यं वृद्धोपसेविनः !
चत्वारि तस्य वर्धन्ते आयुर्विद्या यशोबलं!!

यद्यपि इस सुभाषित को हम लोग अपने बचपन से ही सुनते और पढ़ते रहते हैं, लेकिन पूरा जीवन निकल जाता है, इसे अमल में लाते-लाते। हालाँकि कुछ भद्रजन इसे उसी क्षण अपना भी लेते हैं, जिस क्षण उन्हें इसके मर्म का भान हो जाता है। ऐसे ही भद्रजन तो हैं, जिन्हें उनके जीवन में दीर्घायु, विद्या, यश और महाबल मयस्सर है। जरा करीब से देखिए, यदि वह अपने जीवन में सच में सुख महसूस करते होंगे, तो यकीनन वह बुजुर्गों की सेवा करने का अवसर पाते होंगे। सुख हासिल करने का यह प्रताप इसी से है।

बुजुर्ग किसी भी सभ्यता के निर्वाहक होते हैं। यदि किसी समाज में बुजुर्गों की भूमिका को गौण कर दिया जाए, तो देखते-ही-देखते उस समाज की सभ्यता को नष्ट होने से कोई नहीं रोक सकता। अत: इसलिए भी बुजुर्गों की सेवा करना बहुत जरूरी है, ताकि आपकी सभ्यता बची रहे। ऐसे में यदि आप बुजुर्गों का खयाल रख रहे हैं तो आप अपनी सभ्यता का भी ध्यान रख रहे हैं। इस प्रकार, इसमें भी कोई दोराय नहीं है कि बुजुर्गों से कन्नी काटनेवाले लोग अपनी सभ्यता से कट रहे हैं।

भारतीय जनसंचार संस्थान के दूसरे तल पर बने इसके सामुदायिक रेडियो (अपना रेडियो-96.9 एफ.एम.) के मेरे कार्यालय, जहाँ मैं इस वक्त बतौर कार्यक्रम समन्वयक कार्यरत हूँ, में जब मेरे इलाहाबाद विश्वविद्यालय और आई.आई.एम.सी. दोनों ही संस्थानों के सीनियर बड़े भाई मुनिशंकर पांडेयजी ने आकर मुझे यह सूचना दी कि उन्होंने 'दादी-दादा' नाम का एक फाउंडेशन बनाया है तो यकीन कीजिए, मेरे जेहन में जो सबसे पहले भाव जागे थे, वह यह थे कि आखिर मुनि भइया में इतनी हिम्मत कहाँ से भर आई है कि इन्होंने इस तरह का भी कोई फाउंडेशन बनाने का विचार किया। बाजारीकरण के इस युग में भला अब कहाँ कोई इतने शास्त्रीय विचारों को शिरोधार्य करके चलता है या चल पाता है! हालाँकि स्वयं एक इलाहाबादी होने के नाते मैं भला इलाहाबादियों पर कैसे संदेह कर सकता था। लिहाजा मुझे मुनिशंकरजी पर भी पूरा भरोसा था कि ये इस फाउंडेशन को लेकर बहुत आगे जाएँगे।

दूसरी बात, जो मुझे मुनिशंकरजी से पहली बार दादी-दादा फाउंडेशन के बारे में जानकर महसूस हुई, वह थी इसकी मौलिकता। मेरे लिए एक फाउंडेशन का नाम 'दादी-दादा' होना काफी विशिष्ट था, क्योंकि यह मौजूदा परिपाटी में अभिनव था।

आज भारत के लगभग अठारह करोड़ बुजुर्ग नागरिकों की बेहतरी के लिए काम करनेवाले इस दादी-दादा फाउंडेशन से दुनिया के अलग-अलग हिस्सों से लोग जुड़ रहे हैं। यह मुनिशंकरजी के नित प्रयासों का परिणाम है।

वैश्विक महामारी कोविड-19 की चीन के वुहान शहर में जब पुष्टि हुई, तो पूरी दुनिया में इसे लेकर खलबली मच गई। भारत में इस वायरस का प्रवेश होते-होते विश्व स्वास्थ्य संगठन ने दुनिया को यह चेताया कि राष्ट्र-राज्य अपने बच्चों समेत अपने बुजुर्ग नागरिकों पर विशेष ध्यान दें, क्योंकि उन्हें इस वायरस से अधिक खतरा है। इसके अमल में मुनिशंकरजी के दादी-दादा फाउंडेशन ने न सिर्फ बुजुर्गों का खास ध्यान रखा, बल्कि लोगों को इसके लिए बड़े पैमाने पर जागरूक भी किया।

कोरोनाकाल में बुजुर्गों के प्रति सजगता के इस क्रम में मुनिशंकरजी ने एक रोज मुझे कहा कि मैं देश भर से बुजुर्गों की कुछ प्रेरक घटनाओं की रिपोर्ट तैयार करूँ। मुझे उनका सुझाव पसंद आया, लेकिन कोरोना महामारी के दौर में यह अकेले मेरे वश की बात नहीं थी। फिर भी मैंने जब इस ओर विचार करना शुरू किया, तो मेरा कुछ सुखद आश्चर्यजनक घटनाओं से सरोकार हुआ, जिसमें मुझे वृद्धजनों की सेवा, सहयोग और सम्मान के कुछ अप्रतिम उदाहरण देखने को मिले। बुजुर्गों की सेवा और उनके वीरत्व के ये उत्कृष्ट उदाहरण अत्यंत सराहनीय और अनुकरणीय थे।

इन घटनाओं को मैंने अपने विवेक से कुछ चुनिंदा रिपोर्टरों/लेखकों को सुझा दिया और इन पर उन्हें रिपोर्ताज तैयार करने के लिए कहा। बाकी हमने देश भर से रिपोर्टरों द्वारा रिपोर्ताज भेजे जाने का निमंत्रण भी दे दिया। दोनों तरीकों को मिलाकर मुझे कुल बाईस रिपोर्ताज मिले। कुछ केवल रिपोर्टरों/लेखकों के नाम भर मिले। अपरिहार्य कारणों से

उनके रिपोर्ताज मुझे नहीं मिल सके या वह नहीं भेज सके। बहरहाल, कुल प्राप्त बाईस रिपोर्ताजों में से मैंने आप पाठकों के लिए केवल और केवल आठ रिपोर्ताज ही इस संग्रह 'कोरोनानामा : बुजुर्गों की अनकही दास्तान' में चुनकर रखे हैं और अब वही आपके सामने प्रस्तुत कर रहा हूँ।

इन आठ चुनिंदा घटनाओं पर तैयार रिपोर्ताज-संग्रह में वरिष्ठ और अनुभवी रिपोर्टर/लेखक हैं, तो वहीं कुछ ऐसे भी रिपोर्टर/लेखक शामिल हैं, जिन्होंने इससे पहले कभी गद्य विधा में अपनी कलम ही नहीं चलाई है। पत्रकारिता के अनुभव के नाम पर भी इनके पास कुछ नहीं है। लेकिन मैं इस बात को साझा करते हुए प्रसन्न हो रहा हूँ कि इन पत्रकारिता के अनुभवों से परे रिपोर्टरों/लेखकों ने जिस ढंग और तेजी से मेरी बातों को समझा और फिर उसके अनुसार रिपोर्ट को खोजा और उस पर बारीकी से काम करके समय से अपनी रिपोर्ट दे दी, वह इस संग्रह में शामिल पेशेवर रिपोर्टरों/लेखकों के साथ एकदम फिट बैठ गया है। मैं ऐसे रिपोर्टरों/लेखकों का विशेष तौर पर धन्यवाद करता हूँ और उन्हें इस कुशलता के लिए बधाई देता हूँ।

मैं इस संग्रह में शामिल किए गए अपने सभी वरिष्ठ/कनिष्ठ रिपोर्टरों/लेखकों से माफी माँगता हूँ, जो यदि उन्हें मेरी वजह से किसी भी प्रकार से काम का तनिक भी दबाव महसूस हुआ हो। मुझे डॉ. अरुण प्रकाश वाला किस्सा अभी भी याद है। वह संग्रह के उन रिपोर्टरों में से एक हैं, जिन्होंने सबसे पहले अपने रिपोर्ताज मुझे भेज दिए थे।

खैर, तो मैं बात कर रहा था डॉ. अरुण प्रकाश वाले किस्से के बारे में। चूँकि उन्होंने अपना रिपोर्ताज मुझे पहले ही भेज दिया था और इसके बाद वह दिल्ली पलायन कर गए थे। मुझे उनकी रिपोर्ट के लिए तसवीरें भी चाहिए थीं। अब जिन बुजुर्ग सज्जन की रिपोर्ट करके इन्होंने भेजी है, वह तनिक मजेदार थे। डॉ. अरुण तसवीर लेने

के लिए अपने जिस नुमाइंदे को उनके गाँव भेजते, तो बाबा उसे यह कहकर डंडा लेकर दौड़ा लेते कि 'मरिहौं ससुर जो फोटू खींचे। मोर खेतहा लिखाई जनो हरामी।'

तसवीर ले पाने में असफल डॉ. अरुण के नुमाइंदे ने भयभीत होकर उनसे कहा, "अरुण भइया हो···तुम्हरे ई ओटो-फोटो के चक्कर मा हमका आपन खोपरी नहीं फरुवावै का।"

डॉ. अरुण ने भी अपने नुमाइंदे की तकलीफ को ज्यों-का-त्यों उसी तेवर में मेरे सामने रखा, "का हो राजपूत! रिपोर्ताज के चक्कर में कउनो मनई केर खोपरी फरा डइहो!"

डॉ. अरुण की बात सुनकर मैं बड़ा चिंतित हुआ और उनसे पूरी बात पूछी। जैसे ही उन्होंने हँसते हुए मुझे पूरी बात बताई, मैं भी हँस दिया, हा···हा···हा···।

फिर भी एकाध दिन के भीतर डॉ. अरुण प्रकाश अपने रिपोर्ताज के लिए बहराइच के उस गाँव, जहाँ घुटनों तक पानी भरा था और सड़कें कीचड़ में बिलाई थीं, से न जाने कैसे और किसके पास से दो तसवीरों का जुगाड़ कर लाए।

इस तरह से मुझे मालूम है कि इस संग्रह में शामिल ऐसे अन्य सभी रिपोर्टरों/लेखकों ने कई सारी चुनौतियों का सामना करके अपना रिपोर्ताज तैयार किया है। इसमें इन सभी की अथाह मेहनत समाई है। हर रिपोर्टर/लेखक हर वक्त मेरे लिए सहजता से जब भी मुझे जरूरत हुई, उपलब्ध रहा। ऐसी मेहनत और सहयोग के लिए मैं 'कोरोनानामा : बुजुर्गों की अनकही दास्तान' के सभी सहयोगी रिपोर्टरों/लेखकों को धन्यवाद देता हूँ और अपना आभार प्रगट करता हूँ।

नेपथ्य के सहयोगियों में मुझे सबसे पहले तो कोरोना काल में अपनी नब्बे वर्षीय माँ श्रीमती रुक्मिणी देवी की देखभाल करनेवाले मेरे पिता श्रीराम सुमेर सिंहजी से बहुत प्रेरणा मिली। मुझमें बुजुर्गों के प्रति

संवेदनशीलता उनकी ही प्रेरणा का प्रतिफल है और उस संवेदनशीलता का प्रतिफल है, यह रिपोर्ताज-संग्रह 'कोरोनानामा : बुजुर्गों की अनकही दास्तान'।

इसके अलावा, मुझे अपने सत्तासी वर्षीय पिता श्री रघुराज सिंह की देखभाल करनेवाली, मथुरा में कार्यरत जी.एस.टी. की डिप्टी कमिश्नर श्रीमती सुजाता सिंहजी का मार्गदर्शन भी समय-समय पर मिलता रहा। दादी-दादा फाउंडेशन के निदेशक मुनिशंकरजी तो मेरे साथ बड़े भाई की तरह हमेशा खड़े ही रहे।

…तो अब जब यह रिपोर्ताज-संग्रह 'कोरोनानामा : बुजुर्गों की अनकही दास्तान' आप सभी पाठकों के लिए उपलब्ध है, तो मैं हरेक पाठक को इसे पढ़ते समय यह ध्यान में रखने के लिए कहूँगा कि वह इसे इस तरह से पढ़ें कि उन्हें इस संग्रह को अपने परिचित किसी किशोर को दान में देना है या उन्हें इस संग्रह के किस्से बताने हैं, क्योंकि बुजुर्गों की सेवाभाव के बीज पड़ने की आशा में मेरे लिए कल की उम्मीद आज का युवा नहीं, किशोर है!

अनेक शुभकामनाओं सहित…

—अमित राजपूत
amitrajpoot.ar@gmail.com

अनुक्रम

सार्थवाह जीवन

• अमृता मौर्य

(अमृता मौर्य जयपुर के अंग्रेजी पाक्षिक 'द डेजर्ट ट्रेल' की प्रकाशक और संपादक हैं। उन्होंने अपने विचारपरक संपादकीय लेखों से एक विशिष्ट पहचान बनाई है। पूर्व में हिंदी पत्रकारिता करते हुए, इन्होंने विभिन्न पत्र-पत्रिकाओं में स्वतंत्र लेखन किया है। अमृता वृत्तचित्रों के आलेखन के लिए जानी जाती हैं।)

वह अपने जीवन के आठ दशक का सफर तय कर चुके हैं, लेकिन उम्र की आहट आसपास सुनाई नहीं देती। उनके काम करने की रफ्तार देखिए, साफ पता चलता है कि उम्र के संख्याक कहीं पीछे छूट गए हैं। हाँ, बालों की सफेदी जो दिखाई दे रही है, वह बस यूँ समझिए कि तजुर्बे की चमकदार निशानी है। सिर्फ उम्र ही नहीं, जमाने की सोच भी इनके पीछे चलती है। इक्यासी साल के इस युवा तजुर्बेकार का नाम है—प्रो. के.एल. शर्मा। बुजुर्गों पर प्रकाशित होनेवाली भारत की पहली और विश्व की 19वीं पत्रिका को शुरू करने का श्रेय इन्हें ही जाता है। जैरोन्टोलॉजी यानी वृद्धावस्था के बारे में बातचीत की शुरुआत इन्होंने ही की। राजस्थान विश्वविद्यालय, जयपुर के फिलॉसफी एंड साइकोलॉजी डिपार्टमेंट के पूर्व टीचिंग फैकल्टी प्रो. शर्मा ने इसी विश्वविद्यालय

से एम.ए. और पी-एच.डी. किया है। उन्होंने लखनऊ यूनिवर्सिटी से साइकोलॉजी में एम.ए. किया है।

आज वे सेवानिवृत्ति के बाद राजस्थान विश्वविद्यालय के पास तिलक नगर में निवास करते हैं। उनसे मिलना है तो शाम से अच्छा कोई समय नहीं है। बाहर पेड़-पौधों में पानी डालते हुए मिल जाएँगे। पेड़ों से उनकी दोस्ती उतनी ही पुरानी है, जितनी कि पढ़ाई से। हालाँकि अब वे पहले की तरह बागबानी नहीं कर पाते हैं। हाँ, चहलकदमी करके पेड़ों का हाल जरूर ले लेते हैं। दिल के मरीज हैं, मगर बड़े दिलदार हैं। रिटायरमेंट के बाद भी कॉलेजों में जाकर वे अभी भी विद्यार्थियों को बिना मानदेय के पढ़ाते हैं। वर्ष 1999 में रिटायर होने के बाद वे काफी लंबे समय तक गांधी अध्ययन केंद्र में इसी तरह की अपनी सेवाएँ देते रहे।

प्रो. के.एल. शर्मा ने 28 वर्ष की उम्र में साल 1967 में एक संस्था बनाई—'इंडियन जैरोन्टोलॉजिकल एसोसिएशन'। इस प्रकार, प्रो. के.एल. शर्मा 'इंडियन जैरोन्टोलॉजिकल एसोसिएशन' नामक संस्था के संस्थापक हैं। वर्ष 1968-69 में रजिस्ट्रेशन के बाद से यह संस्था वरिष्ठ नागरिकों

एक व्याख्यान के दौरान प्रो. के.एल. शर्मा

के कल्याण, आयु के अनुसार उनमें होनेवाले परिवर्तनों और वृद्धावस्था पर शोध में संलग्न है। संस्था तब से लगातार त्रैमासिक पत्रिका 'इंडियन जर्नल ऑफ जैरोन्टोलॉजी' का प्रकाशन कर रही है। जर्नल में रिसर्च स्टडी, रिव्यू आर्टिकल और बुक रिव्यू प्रकाशित होते हैं। प्रधान संपादक का जिम्मा स्वयं प्रो. शर्मा ही सँभाल रहे हैं।

आप साठ के दशक की कल्पना कर सकते हैं। उस समय भारत में वरिष्ठजनों की समस्याएँ आज के स्वरूप में नहीं थीं। संयुक्त राष्ट्र संघ के अनुसार, जब किसी देश में बुजुर्गों की जनसंख्या 7.1 प्रतिशत हो, तभी वह वृद्धावस्था संबंधी समस्या वाले देशों की श्रेणी में आता है। साल 1991 से पहले तक हमारे यहाँ बुजुर्गों की संख्या सात प्रतिशत से कम थी। प्रो. शर्मा ने बताया कि इंडियन जैरोन्टोलॉजिकल एसोसिएशन की स्थापना के पीछे दृष्टिकोण शोध का था, समस्याओं का नहीं। भारत में वयोवृद्ध संबंधी किसी तरह का शोध उस समय तक नहीं हुआ था। लेकिन समय का फेर देखिए, आज इसमें बुजुर्गों की समस्याओं ने अपना बड़ा हिस्सा घेर लिया है। अस्सी वर्ष से ऊपर के बुजुर्ग अलग तरह की समस्याओं से जूझ रहे हैं। उनके बारे में सोचने-समझने की बहुत जरूरत है। चिकित्सा के क्षेत्र में जब तक इसे विषय के रूप में नहीं पढ़ाया जाएगा, तब तक वृद्धावस्था की जरूरतों को नहीं समझा जा सकता। इंडियन जैरोन्टोलॉजिकल एसोसिएशन ने भारत में जैरोन्टोलॉजी को एक विषय के रूप में मान्यता दिलाने की पहल की। निरंतर प्रयासरत रहने का ही फल है कि आज चर्चा इस पर शुरू हुई है।

यह एक बड़ी खूबसूरत-सी परिकल्पना है कि वरिष्ठ नागरिक सामाजिक जीवन में वापस लौटकर अपने हमउम्र साथियों के साथ मेलजोल का आनंद उठाएँ। साथ ही, वे अपने पारिवारिक माहौल में भी बने रहें। आप किसी भी बुजुर्ग से पूछें, वह अपना घर छोड़कर वृद्धाश्रम में नहीं रहना चाहेगा। ऐसे में आप पच्चीस साल पीछे लौटकर कल्पना कीजिए!

यह साल 1996 का समय है। वृद्धाश्रम बनाने के लिए एक लहर-

सी चल रही है, क्योंकि वृद्धों की समस्याएँ काफी बढ़ चुकी हैं। राजस्थान सरकार हर जिले में वृद्धाश्रम बनाने की तैयारी कर रही है। लेकिन कुछ लोग हैं, जो इसका विरोध भी कर रहे हैं। उनमें से एक बुलंद आवाज है प्रो. शर्मा की—"अभी इतना बुरा वक्त नहीं आया है कि उन्हें परिवार से काट दिया जाए। परिवार में सुरक्षा और सम्मान दोनों हैं। क्यों न 'डे केयर सेंटर' खोला जाए! इस कॉन्सेप्ट पर सोचें। ऐसा कॉन्सेप्ट, जो सांस्कृतिक और सामाजिक मूल्यों पर आधारित हो।" सरकार को प्रो. शर्मा की बात पसंद आ जाती है और इस तरह से राजस्थान का पहला 'डे केयर सेंटर' खुलता है।

पहला सेंटर खोलने का मौका इंडियन जैरोन्टोलॉजिकल एसोसिएशन के अलावा और किसे मिल सकता है! साल 1997 में जयपुर की झालाना बस्ती में 'राहत' बुजुर्गों के लिए राहत लेकर आई। यहाँ दिन के वक्त बुजुर्गों की अपनी दुनिया गुलजार रहती है। उन्होंने अपने जैसों के बीच एक खूबसूरत ताना-बाना बुन रखा है।

चलिए, अब गाँव चलते हैं। खेतों, पगडंडियों से गुजरते हुए, घरों तक पहुँचिए। यहाँ दालानों, चौबारों में वयोवृद्ध बैठे हैं। इन सभी के चेहरे पर कितनी लाचारी है! इनका हाल जानकर आपका दिल ही भर आएगा। अस्सी से ऊपर की इन सबकी अवस्था है। आँखों की रोशनी साथ छोड़ रही है। लाठी भी सहारा नहीं दे रही है। बटुए में पैसे नहीं हैं। आखिरकार यह सब अपनी उम्रजनित समस्याओं और मन की पीड़ाओं को किससे बाँटें?

हमारे देश के 70 प्रतिशत बुजुर्गों की आबादी गाँव में रहती है। इनमें से छह प्रतिशत ऐसे हैं, जो बिल्कुल ही अकेले रहते हैं—वे या तो वृद्ध दंपति हैं या केवल कोई अकेला वृद्ध या वृद्धा। गाँवों से पलायन बढ़ता जा रहा है, इसलिए घर में अकेले रह गए वृद्धों की संख्या भी बढ़ रही है। हमारे देश में 12 प्रतिशत बुजुर्ग हैं, जिनमें से 3.5 प्रतिशत की उम्र अस्सी के पार है।

बुजुर्गों की आबादी की दृष्टि से भारत चीन के बाद दूसरे स्थान पर है। ऐसे में परिवार, समाज और सरकार तीनों की जिम्मेदारी बनती है कि वृद्धजनों की सहूलियत के लिए मिलकर सोचें। कोरोना काल इनके लिए सबसे कष्टकर है। लॉकडाउन के दौरान बुजुर्गों के सामने परेशानियों का अंबार खड़ा हो गया है। यह देख प्रो. के.एल. शर्मा ने मुख्यमंत्री को पत्र लिखा। वह हेल्पलाइन चलाते हैं, इसलिए उन तक बहुत से बुजुर्गों की समस्याएँ पहुँचीं। सरकार को उन्होंने सुझाव दिया कि जब सबकुछ बंद है तो बीमार, अवसादग्रस्त बुजुर्ग और विधवा महिलाओं को पुलिस के माध्यम से सहायता दें। आखिरकार जो वयोवृद्ध दूसरों पर आश्रित हैं, उनकी दिनचर्या कैसे चलेगी?

प्रो. शर्मा की सलाह के बाद राजस्थान सरकार ने इनकी ओर कदम भी बढ़ाया। पुलिस अधिकारियों ने एकल बुजुर्गों के पास जाकर स्वास्थ्य का हालचाल लेना शुरू किया। राशन-सामग्री बाँटी और उन्हें अपने फोन नंबर भी दिए, ताकि कोई भी बुजुर्ग आवश्यकता पड़ने पर संपर्क कर सके। हालाँकि समस्याओं के आगे यह पहल छोटी थी। बावजूद इसके हाँ, एक सोच की शुरुआत जरूर हुई।

असल में अस्सी का पड़ाव पार कर चुके बुजुर्गों का समय इस कोरोना काल में बहुत कष्टदायक रहा। केयर गिवर और सहायकों के अभाव में वे किसी तरह अपनी दिनचर्या काट रहे थे। प्रो. शर्मा के पास एक मित्र का फोन आया। बोले, "मेरी परिचित एक बुजुर्ग महिला रिटायर्ड प्रोफेसर हैं और घर में अकेली हैं। पति की मृत्यु हो चुकी है। उनके हाथ में चोट लगी है। खाना बनाना और बरतन धोना उनके लिए संभव नहीं है। कैसे सहायता की जा सकती है?"

सचमुच यह ऐसी समस्या थी कि लॉकडाउन में किसी भी तरह मदद करना मुश्किल था। प्रो. शर्मा ने उन्हें राजस्थान पुलिस का फोन नंबर उपलब्ध कराया और इसी माध्यम से औरों को भी सहायता करने को प्रोत्साहित किया।

बातचीत में प्रो. शर्मा एक और केस का जिक्र करते हैं। और इसे हम सबने महसूस भी किया है; ज्यादातर लोग बुजुर्गों के साथ सामंजस्य बैठाने को तैयार नहीं होते हैं। लॉकडाउन में एक बुजुर्ग दंपति के यहाँ गैस सिलिंडर आया, तो संक्रमण के डर से उन्होंने उसे गैलरी में ही रखवा दिया। सिलिंडर कई दिनों तक वहीं पड़ा रहा, क्योंकि दंपति उसे उठा नहीं सकते थे। किसी की सहायता लेना भी संक्रमण की दृष्टि से ठीक नहीं था। पड़ोसियों को इसे लेकर बहुत आपत्ति थी, उन्होंने हंगामा खड़ा कर दिया। अंत में, बिल्डिंग के कुछ लोगों ने आगे आकर मामले को सुलझाया। दरअसल, बुजुर्गों की शारीरिक और उससे भी ज्यादा मानसिक अवस्था को लेकर लोगों का रवैया बहुत आपत्तिजनक है। वे उनकी दशा को समझना ही नहीं चाहते। अगर सहयोग और सद्भावना से काम करेंगे, तो विवाद पैदा ही नहीं होगा।

अनेक बुजुर्ग ऐसे हैं, जो निर्धन हैं। उन्हें आर्थिक सहायता की नियमित जरूरत है, लेकिन हर बुजुर्ग को आर्थिक सहायता नहीं चाहिए। ज्यादातर मामलों में अगर संबल ही दे दिया जाए, तो बात बन जाती है। लॉकडाउन में वे समाज से कटकर ऐसे टूट गए हैं कि आज भी मन मजबूत नहीं कर पाए हैं। इन्हें भी आगे बढ़कर सहयोग देने की जरूरत है।

प्रो. शर्मा बताते हैं, "मेरे एक मित्र दंपति हैं, वे रिटायर्ड प्रोफेसर हैं। उनके 94 वर्षीय पिता साथ रहते हैं और बच्चे बाहर रहते हैं। पिता कई माह से बीमार हैं। लॉकडाउन होने के साथ केयर गिवर का आना बंद हो गया। दिन और रात के लिए दो अलग-अलग केयर गिवर थे। अब उनकी जगह वृद्ध दंपति सेवा में लगे हैं, जिन्हें खुद ही सेवा की जरूरत है। लॉकडाउन के दो महीने होते-होते उनकी हिम्मत टूटने लगी। एक शंका मन में यह भी बैठ जाती है कि क्या यह यूँ ही चलता रहेगा! अगर मुझे कुछ हो गया तो क्या होगा? बच्चे भी नहीं आ सकते। मौत आ गई तो? ये शंकाएँ उनमें तरह-तरह के लक्षण पैदा करती हैं, जिसे वे अपनी बीमारी से जोड़ लेते हैं और चिंता करते-करते अवसाद में चले जाते हैं।

यहाँ उन्हें साइकोलॉजिकल ट्रीटमेंट की आवश्यकता है।"

इस तरह से प्रो. शर्मा ने फोन पर ऐसे अनेक अवसादग्रस्त बुजुर्गों को सँभाला। अभी भी सँभाल रहे हैं। कोरोना की वजह से अभी तक स्थिति असामान्य है। प्रो. शर्मा अपने स्तर पर बुजुर्गों को सलाह-मशविरा देते हुए फोन पर सबकी बातें सुनते हैं। उनके हेल्पलाइन नंबर पर नियमित फोन आते हैं। वृद्धजन जो बीमारियाँ बताते हैं, वह असल में अकेलेपन की वजह से पैदा हुए अवसाद हैं। इससे बचने का एक बहुत कारगर उपाय है—प्रतिदिन अपने ऐसे पाँच मित्रों या रिश्तेदारों को फोन करें, जिनसे कई महीनों से बात नहीं हुई है। देखिए, मन कितना हल्का और प्रफुल्लित होता है! वो क्यों, हम-आप भी अपने जानकार बुजुर्गों को फोन करके हालचाल पूछ लें। उनकी आधी परेशानी दूर हो जाएगी।

अनलॉक-1 चल रहा है। बहुत से बुजुर्गों के बच्चे आज तक अपने माता-पिता के पास नहीं पहुँच सके हैं। इन वरिष्ठ नागरिकों के साथ दूरी रखकर सामाजिक संपर्क बनाए रखना अभी बहुत जरूरी है।

लगभग 15 साल पहले अकेले रहनेवाले बुजुर्गों के लिए राजस्थान पुलिस ने 'संबल' प्रोग्राम बनाया था। प्रो. शर्मा ने उन पुलिसवालों को जानकारी उपलब्ध कराई और विषय का अध्ययन भी कराया, लेकिन यह प्रोग्राम कागजों में ही रह गया। अगर आज चल रहा होता, तो वरिष्ठ नागरिकों को बहुत सहूलियत होती। प्रो. शर्मा सरकार को इसके लिए कई बार लिख चुके हैं। अब इंतजार है...

आर्थिक रूप से कमजोर वरिष्ठ नागरिकों की पेंशन को लेकर वे शुरू से प्रयासरत हैं। जब पेंशन 400 रुपए प्रतिमाह थी, तब उन्होंने प्रधानमंत्री को पत्र लिखकर आग्रह किया कि यह राशि बहुत अल्प है। बढ़ाई जानी चाहिए। बुजुर्गों को मिलनेवाली राशि का आधा केंद्र सरकार वहन करती है। उन्होंने केंद्र को 500 रुपए की धनराशि साझा करने का सुझाव दिया ताकि बुजुर्गों तक राज्य सरकार से 500 रुपए और मिलकर कुल 1000 रुपए हो जाए।

पिछली गहलोत सरकार में इसे लेकर प्रो. शर्मा सतत प्रयासरत रहे। महँगाई को देखते हुए, यह मुद्दा महत्त्वपूर्ण था। तत्कालीन उप-मुख्य सचिव अदिति मेहता के सहयोग से राज्य सरकार द्वारा इसे मान्यता मिल गई और जुलाई 2013 से लागू हो गया। 58 वर्ष से ऊपर के बुजुर्गों के लिए 500 रुपए और 80 वर्ष से ऊपर के बुजुर्गों के लिए 750 रुपए की धनराशि प्रतिमाह स्वीकृत हुई। अब यह राशि क्रमशः 750 रुपए और 1000 रुपए हो चुकी है। प्रो. शर्मा इसे बढ़ाकर 1000 रुपए और 1500 रुपए करवाने के लिए अभी भी प्रयासरत हैं।

सरकार के सीमित बजट को देखते हुए उनके पास एक और सुझाव है। वृद्धावस्था पेंशन देने की उम्र 58 वर्ष से बढ़ाकर 60 या 62 वर्ष कर दी जाए, ताकि बची हुई राशि 75 से ऊपर की उम्रवाले बुजुर्गों में वितरित की जा सके।

प्रो. शर्मा ने असंगठित बुजुर्गों के लिए भी व्यवस्था में परिवर्तन करवाया। जिन बुजुर्गों के दो बेटे धन अर्जित करते हैं, उन्हें पेंशन देने का प्रावधान नहीं था। माना जा रहा था कि उनकी आर्थिक जरूरतें पूरी करने में उनका परिवार सक्षम है। लेकिन अगर गरीबी रेखा के आसपास आनेवाले परिवारों को देखें, तो वहाँ बुजुर्गों के लिए कुछ नहीं बचता है। बेटा अपने बच्चों पर खर्च करे या पिता पर? घर में बच्चों की जरूरतें बुजुर्गों से पहले आती हैं। इसलिए सरकारी प्रावधान में संशोधन कर उन बुजुर्गों को पेंशन का लाभ दिया गया, जिनके परिवार की आमदनी 40,000 रुपए से कम है।

अर्थाभाव के अलावा वरिष्ठ नागरिकों की दूसरी बड़ी समस्या है—घरेलू प्रताड़ना। आज इससे कोई भी अनभिज्ञ नहीं है। यह अखबारों में आए दिन छपनेवाली प्रमुख खबरें हैं। प्रताड़ना की निरंतर बढ़ती घटनाओं को देखते हुए सरकार ने 'मेंटीनेंस ऑफ पेरेंट्स एंड सीनियर सिटीजंस एक्ट, 2007' बनाया। प्रो. शर्मा इसे लेकर कहीं अधिक गंभीर थे। अगर इस एक्ट का सीधा फायदा बुजुर्गों तक नहीं पहुँचा, तो

कानून का क्या लाभ? उन्होंने अपनी संस्था इंडियन जैरोन्टोलॉजिकल एसोसिएशन के माध्यम से प्रताड़ित वृद्धजनों को न्याय दिलाना सुनिश्चित किया। यह काम भी बिना प्रावधान में बदलाव लाए नहीं हो सकता था। लिहाजा प्रो. के.एल. शर्मा ने अतिरिक्त मुख्य सचिव अदिति मेहता को पत्र लिखा। इसके बाद बदलाव करके एक्ट में ट्रिब्यूनल बनाए गए, जिनके तहत उप-संभागीय मजिस्ट्रेट (एस.डी.एम.) को अपने क्षेत्र के वरिष्ठ नागरिकों की प्रताड़नाओं की सुनवाई का अधिकार मिल गया और इंडियन जैरोन्टोलॉजिकल एसोसिएशन को इसकी एडवोकेसी का। इस तरह से अब जाकर बुजुर्गों के हाथ में ताकत आ सकी।

संस्था के हेल्पलाइन नंबर पर कोई भी शिकायत आती है तो प्रो. शर्मा उन्हें 10 रुपए के स्टांप पेपर पर शिकायत लिखकर एस.डी.एम. को देने की सलाह देते हैं और उसकी एक फोटोप्रति संस्था में जमा करने को कहते हैं। मामले को दबाया न जाए या कारवाई करने में ढिलाई न हो, इसके लिए प्रो. शर्मा ने एक रास्ता निकाला है। वह हर शिकायत की प्रतियाँ कलेक्टर, संबद्ध मंत्री, विभागीय निदेशक, पुलिस अधीक्षक और मुख्य सचिव—इन पाँच लोगों को भेजते हैं। दरअसल, इससे दबाव बनता है तो काररवाई भी होती है।

लेकिन हमारे यहाँ व्यवस्था कुछ ऐसी है कि प्रभावशाली व्यक्ति प्रताड़ना करके भी भागने में सफल हो जाता है। पुलिस उनको हाथ लगाने से डरती है। हम सभी इससे बखूबी वाकिफ हैं। यही वजह है कि बुजुर्ग पीछे हट जाते हैं और चुपचाप प्रताड़ना बरदाश्त करते रहते हैं। शहर के एक नामी डॉक्टर का प्रताड़ना का एक ऐसा ही केस संस्था के पास आया। परिवार में संपत्ति का विवाद था। बेटा उनको प्रताड़ित कर रहा था। जब शिकायत पुलिस को दी गई तो वी.आई.पी. मामला देखकर वह असमंजस में पड़ गई। उसने प्रो. शर्मा से सलाह ली कि यह बड़े आदमी का मामला है। इन पर काररवाई कैसे करें?

"छोटा और बड़ा क्या होता है?" प्रो. शर्मा ने कहा, "किसी भी

केस में काररवाई के अलावा कोई विकल्प नहीं है।"

पुलिस फिर भी हिम्मत नहीं कर पा रही थी। वह काररवाई के दौरान प्रो. शर्मा की उपस्थिति चाहती थी। उन्होंने साफ इनकार कर दिया। संस्था की तरफ से लिखित शिकायत के बाद किसी और तरह के साथ की आवश्यकता नहीं है। अंत में पुलिस को काररवाई करनी पड़ी।

इसके विपरीत, कई बार कुछ मजेदार किस्से बन जाते हैं। बुजुर्गों को घरेलू हिंसा से बचाने के लिए प्रो. शर्मा ने एक अनोखी जुगत लगाई। अपराध करनेवाला पुलिस से डरता है। उन्होंने इसी मनोविज्ञान का सहारा लिया। उनका एक छात्र यहाँ पुलिस उप-अधीक्षक बनकर आया। प्रो. साहब ने अपने शिष्य से गुरु दक्षिणा ली कि जब भी वयोवृद्ध व्यक्तियों के लिए वह फोन करें, तो किसी पुलिसवाले को उनके पास भेज दें। इसका मनोवैज्ञानिक प्रभाव पड़ा। अब तो बुजुर्गों के केस में पुलिस का आना परिजनों के लिए खतरे की घंटी थी। यद्यपि बुजुर्गों को प्राय: अशक्त और असहाय देखकर प्रताड़ना दी जाती है। लेकिन अब अगर उन्हें पता चल जाए कि बुजुर्ग के साथ कोई व्यक्ति खड़ा है और कानूनी काररवाई हो सकती है, तो वह प्रताड़ित करने से डरेंगे।

गाँव में रह रहे बुजुर्गों पर अभी काम नहीं हो पाया है। प्रो. के.एल. शर्मा चाहते हैं कि इसकी थोड़ी जिम्मेदारी पंचायतें भी उठाएँ। 10-12 साल हो चुके उन्हें कोशिश करते हुए। प्रदेश में कोई भी पंचायती राज मंत्री बनता है, तो मंत्री को सबसे पहले प्रो. शर्मा ही पत्र लिखते हैं। एक बार एक मंत्री से संवाद हुआ और तब प्रो. शर्मा ने उन्हें सुझाव दिया कि पंचों की ट्रेनिंग में एक-दो लेक्चर इस विषय पर भी रख लें। 'राष्ट्रीय वृद्धजन नीति : 1999' में ग्रामीण बुजुर्गों तक पंचायतों के माध्यम से पहुँचने की व्यवस्था है। पंचायत भवन खाली रहता है। यहाँ हर रविवार को उनके मिलने-बैठने की व्यवस्था हो जाए। मंत्री से प्रोफेसर का यह संवाद बिना किसी निष्कर्ष के खत्म हो गया।

इस संदर्भ में प्रो. शर्मा ने एक मुलाकात जिला प्रमुख, जयपुर से

भी की। पंचों-सरपंचों की मीटिंग में ग्रामीण बुजुर्गों की समस्याओं को शामिल किया जा सकता है? जिला प्रमुख का जवाब था, "इसमें पैसा नहीं है।" यह बात यहीं खत्म हो गई।

असल में, लोगों की सोच में अभी वयोवृद्ध जनों के प्रति चिंता का समावेश ही नहीं हुआ है। प्रो. के.एल. शर्मा का एक शोध-पत्र झालाना क्षेत्र की 300 वृद्ध महिलाओं पर आधारित है। उसमें कुछेक उदाहरण ऐसे हैं, जो मानव-मूल्यों को स्थापित करते हैं। पड़ोसी पुलिसकर्मी द्वारा एक बाल-विधवा वृद्धा की देखभाल का जिक्र भी शोध में है। इस तरह के उदाहरण बहुत प्रेरणास्पद हैं। समाज के लोग अगर आगे बढ़कर इसकी जिम्मेदारी स्वयं लेंगे, तो बहुत से बुजुर्गों का जीवन सुखमय और सरल हो जाएगा।

बुजुर्गों की उम्रजनित समस्याओं और उनके उपयोग में आनेवाले विशेष उपकरणों व सुविधाओं के बारे में अभी बहुत सामाजिक अनभिज्ञता है। हमारे यहाँ जीरिटिक्स केयर नहीं हैं। जीरिटिक्स डॉक्टर भी नहीं हैं। साल 2007 में, प्रो. शर्मा ने प्रदेश में इसके डिप्लोमा कोर्स के लिए प्रयास किया था। राजस्थान यूनिवर्सिटी ऑफ हेल्थ साइंसेज के कुलपति पी.पी. एस. माथुर ने उन्हें इसकी स्वीकृति का पत्र भी भेज दिया था, लेकिन सरकार की तरफ से बात आगे नहीं बढ़ सकी।

प्रो. शर्मा यूनिवर्सिटी ऑफ टोरंटो, कनाडा द्वारा संचालित 'इंटरनेशनल इनीशिएटिव फॉर केयर ऑफ एल्डरली' प्रोजेक्ट के सदस्य भी हैं। उन्होंने प्रोजेक्ट से जुड़े डॉ. पैटर्सन से भारत में कुछ करने की इच्छा जताई। उनके सहयोग से जयपुर में वर्ष 2009 में जीरिटिक्स पर चार दिन का वर्कशॉप आयोजित हुआ। इसकी फंडिंग 'इंटरनेशनल इनीशिएटिव फॉर केयर ऑफ एल्डरली' ने ही की। वर्कशॉप में 60 डॉक्टरों ने भाग लिया।

विश्व वरिष्ठ नागरिक दिवस के मौके पर जयपुर के एक केंद्र में वरिष्ठ नागरिकों के साथ गोष्ठी की अध्यक्षता करते प्रो. के.एल. शर्मा

हमारे यहाँ जीरिटिक्स नर्सिंग का कोर्स नहीं है। बी.एस-सी. नर्सिंग कोर्स में सिर्फ एक अध्याय है, पेपर तक नहीं। इसमें कम-से-कम एक पेपर चाहिए। प्रो. शर्मा ने इंडियन जैरोन्टोलॉजिकल एसोसिएशन के माध्यम से जयपुर में दो नर्सिंग वर्कशॉप कराए। एक सप्ताह का ट्रेनिंग प्रोग्राम केयर गिवर के लिए भी आयोजित किया। घर में बुजुर्गों की देखभाल करनेवाले सहायकों को उचित ट्रेनिंग मिलनी चाहिए। उम्र के अस्सी बसंत पार कर चुके बुजुर्गों की परेशानियों को समझे बिना उनके अनुरूप नर्सिंग नहीं हो सकती। उनके सपोर्टिव इक्विपमेंट अलग हैं। इसके अलावा, कमरे का रख-रखाव उनकी सुविधा देखकर ही होना चाहिए। बाथरूम की बनावट भी उनके अनुकूल होनी चाहिए। उनको लिटाने-बैठाने का तरीका आदि अनेक पहलू हैं, जो ध्यान रखने के हैं। केयर गिवर प्रशिक्षित होगा तो बुजुर्ग भी आरामदायक स्थिति में रहेंगे। वर्कशॉप से जागरूकता बढ़ती है। अब प्रो. शर्मा प्रयासरत हैं कि राजस्थान यूनिवर्सिटी में जैरोन्टोलॉजी और नर्सिंग का डिप्लोमा कोर्स शुरू हो जाए। उम्मीद है, स्वीकृति मिल जाएगी।

प्रो. शर्मा ने फिलॉसफी, साइकोलॉजी और जैरोन्टोलॉजी पर कुल चौदह किताबें हिंदी तथा अंग्रेजी भाषा में लिखी हैं। स्टडीज इन जैरोन्टोलॉजी : इंटरनेशनल पर्सपेक्टिव्स (इंग्लिश, 2007), डाईमेंशन्स ऑफ एजिंग (इंग्लिश, 2009), एल्डर केयर एट होम (हिंदी, 2010), सोशल वर्क इन हेल्थ एंड एजिंग (2015), व्हेन समवन क्लोज टू यू इस डाईंग (हिंदी और इंग्लिश), फिलॉसफी, सोसाइटी एक्शन (इंग्लिश) और मानवीय यथार्थ के स्वर (हिंदी) आदि उनकी लिखी पुस्तकें हैं। सब्जेक्टिविटी एंड एब्सोल्यूट (पी-एच.डी. थीसिस) भी एक पुस्तक के रूप में उपलब्ध है। राष्ट्रीय और अंतरराष्ट्रीय जर्नलों में उनके 70 शोध-पत्र प्रकाशित हो चुके हैं। टोरंटो, मॉन्ट्रियल और पेरिस आदि स्थानों पर उन्होंने 'एजिंग' विषय पर आधारित सेमिनारों में हिस्सा लिया है। इसके अलावा टोरंटो, दक्षिण कोरिया और अपने देश भारत में उन्होंने कई शोध-पत्र पढ़े हैं।

गांधी अध्ययन केंद्र की पूर्व निदेशक प्रो. विद्या जैन अपने पुराने दिनों को नहीं भूल पाती हैं। प्रो. शर्मा राजस्थान विश्वविद्यालय में उनके वरिष्ठ सहयोगी थे। गांधी अध्ययन केंद्र से उनका विशेष लगाव रहा है। कोई संगोष्ठी हो, प्रो. शर्मा की सहभागिता अवश्य होती थी। प्रो. विद्या जैन 'इंटरनेशनल पीस रिसर्च एसोसिएशन' में अहिंसा प्रकोष्ठ की संयोजक हैं। वे कहती हैं, "प्रो. के.एल. शर्मा का गांधी चिंतन बहुत गहन है। वह रिसर्च स्कॉलर्स को गाइड करते हैं। पढ़ाने के लिए एक सूचना पर आ जाते थे और मानदेय भी नहीं लेते थे। तीन साल पहले जब मैं रिटायर नहीं हुई थी, तब तक वह गांधी भवन आते थे। प्रो. शर्मा खुद को रिटायर नहीं मानते हैं, सकारात्मक सोच और ऊर्जा से भरे हैं। समाज को लौटाने का उनका कार्य कितने वृहत् रूप में हमारे सामने है! बहुत प्रेरणादायक व्यक्तित्व है।"

प्रो. के.एल. शर्मा अब उतनी भागदौड़ भले ही न कर पाएँ, लेकिन घर बैठकर वह पहले से ज्यादा सक्रियता से काम कर रहे हैं। दिन का

पूरा वक्त जर्नल के लिए आए रिसर्च पेपर देखने, बुजुर्गों की समस्याओं से रू-ब-रू होने और एडवोकेसी में व्यतीत हो जाता है। तीन-चार घंटे कंप्यूटर पर काम करते हैं। वह फिलॉसफी के प्रोफेसर हैं, इसलिए उनका फिलॉसफी से लगाव रखना स्वाभाविक है। वह 'सोसाइटी फॉर फिलॉसफिकल प्रैक्टिस काउंसलिंग एंड स्पिरिचुअल हीलिंग' संस्था के संस्थापक सचिव हैं। इसे उन्होंने वर्ष 2000 में शुरू किया था। साथ ही, वह अर्धवार्षिक द्विभाषी पत्रिका 'आत्म विमर्श' के संपादक भी हैं। वह फिलॉसफिकल काउंसलिंग भी करते हैं। देश में इस तरह की काउंसलिंग शुरू करने का श्रेय भी उन्हीं को जाता है। इस विषय को लेकर भी वह वर्कशॉप और सेमिनार का आयोजन करते हैं। सेमिनार में प्रस्तुत पेपर पुस्तक के रूप में प्रकाशित की जाती है।

जिस उम्र के लोगों के लिए प्रो. शर्मा काम कर रहे हैं, वह खुद भी उसी उम्र के सफर पर हैं। उनकी सादगीपूर्ण नियमित दिनचर्या और अपने आप को व्यस्त रखने की कला उन्हें इस उम्र में नौजवानों जैसा ऊर्जावान बनाए रखती है। उनकी सहज हँसमुख प्रकृति भी इस ऊर्जा का एक स्रोत है।

प्रो. के.एल. शर्मा सुबह छह बजे उठना, टहलना और फिर व्यायाम करना कभी नहीं भूलते। उनके साथ उनकी उम्रजनित बीमारियाँ भी साथ चलती हैं, इसलिए कुछ दवाएँ उनके जीवन का हिस्सा बन गई हैं। जीवनसंगिनी का साथ और तीनों बच्चों से जुड़ाव उनकी जिंदगी को भरा-पूरा रखते हैं। बेटी चेन्नई में, बड़ा बेटा लंदन में और छोटा बेटा अमेरिका में रहता है। तीनों से वे रोज बातें करते हैं। सबका समय निर्धारित है, किसी से चाय पर, किसी से नाश्ते के बाद, तो किसी से रात में बात करते हैं। उन्हें वीडियो कॉल करना पसंद है। यह आमने-सामने बात करने जैसा है। उनकी संतानों की संतानें भी अपने नानी-नाना या दादी-दादा से भावनात्मक जुड़ाव महसूस करते हैं। नए जमाने की यह तकनीक दूरियाँ पाटने में सचमुच कारगर सिद्ध हुई है। यही कारण है कि

प्रो. शर्मा अपने हमउम्र मित्रों और जानकारों को नई तकनीक से दोस्ती रखने को कहते हैं। उन्हें पता है कि मोबाइल और कंप्यूटर जैसे तकनीकी माध्यम हमें बाहरी दुनिया से जोड़ते हैं। अगर आप दुनिया घूमने में अक्षम हैं तो तकनीक आपको समय के साथ चलने का अहसास दिलाती है। इसे सीखना कठिन नहीं है, बस बच्चों को अपना दोस्त बना लें। वे आपके टीचर बनकर बड़े चाव से आपको सब सिखाएँगे। प्रो. शर्मा यह सब बड़े चाव से सीखते भी हैं। इसीलिए उनका जीवन एक सार्थवाह का जीवन है, जो दुर्गम रास्तों को पार करके भी अपनी उपादेयता को सिद्ध कर रहे हैं।

□

उत्तरार्ध का विबोध

• डॉ. उपेंद्र पांडेय

(डॉ. उपेंद्र पांडेय नई दिल्ली स्थित भारतीय जनसंचार संस्थान के 1987-88 बैच से प्रशिक्षित वरिष्ठ टिप्पणीकार हैं। दैनिक जागरण-प्रयागराज के स्थानीय कार्यकारी संपादक रहे डॉ. पांडेय हाल ही में दैनिक ट्रिब्यून-चंडीगढ़ के चीफ न्यूज को-ऑर्डिनेटर/नेशनल ब्यूरो चीफ पद से रिटायर हुए हैं।)

लो, यह डेट भी गई!! अब···

अमेजन कंपनी की एलेक्सा डिवाइस पर ब्रेकिंग न्यूज फ्लैश होते ही रीता दीदी चौंककर उठ बैठीं, किंतु उनके बगल की सियस्टा चेयर पर बेचैनी से करवट बदल रहे जीजाश्री सहसा रिलैक्स मोड में आते हुए आराम से पसर गए। अब तक निश्चिंत रिलैक्स अधलेटी रीता दीदी अलर्ट और बेचैन-सी मिश्राजी को निहारने लगीं। पति को रिलैक्स में भी अति रिलैक्स होते देख रीताजी परेशानी भरे स्वर में बोलीं, "अजी! सुन रहे हैं···जरा एलेक्सा का वॉल्यूम बढ़ाइए तो! देखिए जरा, क्या न्यूज चल रही है! क्या हम लोग अगस्त में भी नहीं निकल पाएँगे इंडिया से?"

जीजाश्री अपने प्रोफेसराना अंदाज में उनकी बातें सुनकर भी अनसुना कर गए और फिर कुछ इस तरह जोर से आँखें मींच लीं कि

मानो 'मूनहु आँखि कतहुँ कछु नाहीं!'

"इंटरनेशनल फ्लाइट्स कोरोना अनलॉक प्रोसेस के अगस्त फेज में भी बंद रहेंगी।"

एक साथ एक ही साइड ड्राइंगरूम में दोपहर की खुमारी मिटा रहे बुजुर्ग सेमी-एन.आर.आई. दंपति की एक ही खबर पर भिन्न-भिन्न प्रतिक्रियाएँ चौंकानेवाली थीं। अमेरिका-प्रवासी मिश्रा दंपति के फुली अमेरिकी पुत्रों की ओर से उनके लिए इस बार (15 अगस्त, 2020 के लिए) चौथी बार फिक्स हुई थी इंडिया से अमेरिका प्रस्थान करने की तारीख।

प्रो. जे.पी. मिश्रा-रीता मिश्रा दंपति के अमेरिकी ग्रीनकार्ड की कैलेंडर घड़ी कर तो रही है टक-टक-टक-टक···लेकिन रीता दी को मानो सुनाई दे रहा है कट-कट-कट-कट···

"अब क्या होगा?" दीदी का कलेजा धक्-धक् कर रहा है कि कहीं ट्रंप सरकार ग्रीन कार्ड कैंसिल न कर दे! पहली मार्च को रीता दीदी जीजा को लेकर दो महीने के मेडिकल टूरिज्म पर अमेरिका से इंडिया आई थीं। इस तरह, अमेरिकी नियमों के हिसाब से वे हद-से-हद पाँच महीने अमेरिका से बाहर रह सकते हैं, लेकिन यहाँ तो छह महीने बाद भी इंडिया से अमेरिका की फ्लाइट उड़ने के आसार नहीं दिखाई पड़ रहे हैं। भारत सरकार ने 29 जुलाई को अनलॉक-4 की नई गाइडलाइंस में ऐलान कर दिया कि विदेशी उड़ानें अगस्त में भी बंद ही रहेंगी।

यूँ तो हर एन.आर.आई. और अमेरिकी ग्रीन कार्ड होल्डर के लिए स्वदेश प्रवास सुख का अद्‌भुत अहसास दिलाता है। रीता दीदी के लिए भी हर बार इंडिया आना मायके आने जैसा ही होता रहा। किंतु इस बार···इस बार तो मायके की खुशियों को नजर ही लग गई। इस कमीने कोविड-19 के चक्कर में दोनों बेटे अमेरिका में हैं। आई.आई.एम. टॉपर मेधावी इंजीनियरों के माता-पिता होना ही यू.पी. के मध्यमवर्गीय अभिभावकों का सीना छप्पन इंच चौड़ा करने के लिए काफी होता

प्रो. जे.पी. मिश्रा–सुश्री रीता मिश्रा दंपती : कोरोना प्रतिबंधों के कारण चौथी बार अमेरिका की फ्लाइट बुकिंग बेकार होने से 30 जुलाई, 2020 को चिंतित मुद्रा में सुश्री रीता मिश्रा और किंकर्तव्यविमूढ़ प्रो. जे.पी. मिश्रा। कोरोना लॉकडाउन के दौरान गोमती नगर के विनम्र खंड इलाके में सैलून–ब्यूटी पार्लर अभी भी बंद हैं, जिसका असर प्रो. मिश्रा के बालों व बेतरतीब दाढ़ी–मूँछों से साफ झलक रहा है

है। मिश्रा दंपती के पुत्र तो अमेरिकी नागरिक हैं और पौत्र-पौत्रियाँ भी बॉर्न अमेरिकन सिटिजंस। किंतु अमेरिका समेत विदेश जानेवाली तमाम फ्लाइट्स लगातार कैंसिल रहने की खबर पर प्रो. मिश्रा के खुश होने की बात उन परिजनों को हजम होना मुश्किल है, जिन्होंने इन्हीं मिश्राजी को बेटों पर जान छिड़कते देखा है।

प्रो. साहब के हीन भाव से साफ लग रहा था कि वे अपने बच्चों के पास अमेरिका जा पाने में असमर्थता की स्थिति में दुःखी होने की जगह सुखानुभूति कर रहे हैं, जबकि उनकी श्रीमतीजी हैरान और परेशान हैं। दीदी जीजाश्री के मनोभाव ताड़ गईं और मुझे संबोधित करने के बावजूद जीजाजी को सुनाती हुई बोलीं, "देखो! अमेरिका तो जाना ही है। जब बेटे वहाँ हैं, तो ट्रंप या मोदी सरकारें कैसे और कब तक हमें इंडिया में रोक पाएँगी! हमारे लिए तो बेटे ही सहारा हैं। यह भी उनकी ही सुनते हैं। इंडिया में मनमानी कर रहे हैं। न वॉक करते हैं, न एक्सरसाइज करना चाहते हैं। तुम ही जबरदस्ती करते हो, तो बैठे-बैठे हाथ-पाँव हिलाने का अहसास भर कराते हैं, जबकि शुगर शूट करता जा रहा है और बी.पी. दिनोदिन डाउन।"

जीजाजी को मैंने उनके प्रिय गाने की याद दिलाई, जिसे कि वे बेटों को अपने कंधे पर बिठाकर बड़े सुंदर सुर में गाया करते थे। मैंने कहा, "सरजी, जरा वो वाला गाना सुना दीजिए, 'तुझे सूरज कहूँ या चंदा, तुझे दीप कहूँ या तारा! मेरा नाम करेगा रोशन, जग में मेरा राजदुलारा!!' अब तो आपके सूरज-चंदा दोनों ही बेटे टॉपर अकेडमिक्स व मनचाहा कॅरियर पाकर अमेरिका से इंडिया तक सचमुच नाम रोशन कर रहे हैं।"

"ऐ बाबू! उपेंद्रजी, आप तो समझदार हैं। गाना-वाना अब कैसा-कौन-कहाँ। ...सूरज-चंदा आसमान में बसते हैं। बहुत दूर हैं धरती से। बस उनका उजाला ही फील कर सकते हैं। वह भी नियत समय-चक्रानुसार। और..." हम अवाक् प्रो. जे.पी. मिश्रा का मुँह देखते रहे...

रीता दीदी ने बताया कि बीते साल ग्रीनकार्ड पर लखनऊ से

अमेरिका जाने के छह महीने बाद से ही जीजाजी मानसिक और भावनात्मक उदासीनता फील कर रहे थे। वहाँ से यह सोचकर आई थी कि इंडिया में परिजनों व परिचितों से मिलेंगे-जुलेंगे तो उदासीनता खत्म हो जाएगी, किंतु कोरोना ने सब बिगाड़ दिया और अप्रैल फूल बननेवाले दिन यानी कि पहली अप्रैल को आगामी मुश्किल दिनों का अहसास हो गया। दरअसल, पहली अप्रैल को उनके पुराने फैमिली डेंटिस्ट ने जैसे ही यह सुना कि मिश्रा फैमिली अमेरिका से लखनऊ वाया दुबई आई है, उन्होंने कोरोना का खौफ बयाँ करते हुए डेंटल ट्रीटमेंट का अपॉइंटमेंट कैंसिल कर दिया। अप्रैल फूल जैसा ही फील कर रहे हैं, बीते चार महीनों से।

प्रो. जे.पी. मिश्रा व रीता मिश्रा दंपति 01 मार्च, 2020 को दिल्ली के इंदिरा गांधी हवाई अड्डे पर उतरे, तो उन्हें कतई अहसास नहीं था कि आनेवाला वक्त उनके लिए कितनी मुश्किलें खड़ी करनेवाला है। मिश्रा दंपति 28 अप्रैल का वापसी-टिकट अमेरिका से ही लेकर आए थे। प्रोग्राम था—मेडिकल टूरिज्म और सोशल कनेक्ट का। दरअसल प्रो. मिश्रा अनियंत्रित डायबिटीज व कोरोनरी आर्टरी (हार्ट प्रॉब्लम) के साथ ही बच्चों के पास अमेरिका गए थे। अप्रैल 2019 में अमेरिका जाने के उपरांत डेलस निवासी उनके बड़े पुत्र योगेश व सैन फ्रांसिस्को में रह रहे छोटे पुत्र विवेक ने सपरिवार जी भर सेवा की और अमेरिकी डॉक्टर्स की सलाह के अनुसार उनका इलाज डायट कंट्रोल व योगासन आदि कराके डॉ. जे.पी. मिश्रा को फिजिकली बिल्कुल फिट कर दिया, किंतु इंडिया में अनियंत्रित डायबिटीज के कारण डॉ. मिश्रा की आँखों का रेटिना प्रभावित हुआ और ब्रेन के कुछ हिस्से में सिकुड़न आ गई।

अमेरिकी डॉक्टरों ने फरवरी माह में सलाह दी कि यदि डॉ. मिश्रा को कुछ दिन स्वदेशी परिवेश, भाषा व स्वदेश के हितमित्रों से बोलने-बतियाने व मातृभाषा के जानकार मनोविशेषज्ञों से उनकी मातृभाषा व हिंदी में काउंसलिंग का मौका मिले तो अधिक सुधार संभव है। इसी

के साथ प्रोफेसर अपनी पत्नी के दाँतों के फैमिली डॉक्टर से लखनऊ में इलाज करा लेने के उद्देश्य से बेटों ने मिश्रा दंपति को बेहद महँगे बिजनेस क्लास में हवाई यात्रा सुविधा के साथ भारत भेजा, किंतु भारत आने के बीस दिनों बाद ही लॉकडाउन प्रारंभ हो जाने से अमेरिका से आकर लखनऊ में इलाज कराने की योजना फेल होने के अलावा आँख और दाँत के इलाज में दंपति को अनगिनत दिक्कतें आईं।

डॉ. मिश्रा की आँखों में हर माह इंजेक्शन लगता है, किंतु मार्च से जुलाई तक निजी या सरकारी किसी भी अस्पताल ने आँखों का इलाज करने में हाथ खड़े कर दिए। रीता मिश्रा के डेंटिस्ट ने मार्च में लॉकडाउन के पहले ही उनके दाँत निकाल दिए। किंतु जब पता चला कि दंपति अमेरिका से आए हैं तो इलाज से पहले उन्होंने चौदह दिन गैप की सलाह दे दी। तब तक लॉकडाउन हो गया और रीताजी बगैर दाँतों के ही किसी तरह तरल पदार्थ पर जी रही हैं। घर में दो ही प्राणी, दोनों

24 जुलाई, 2020 को कोरोना काल में ही लखनऊ के गोमती नगर स्थित अपने भारतीय आवास पर अपनी सासू से आशीष ग्रहण करते प्रो. जयप्रकाश मिश्रा

बुजुर्ग और कोरोना के डर से कामवाली बाई का मिलना भी असंभव। मोहल्ले में कोरोना मरीज मिल जाने के बाद यह इलाका रेड जोन में आ गया, तो किसी तरह चंडीगढ़ से आकर भाई-भाभी ने घर सँभाला। तब तक किराना स्टोर से सामान, मेडिकल स्टोर से दवाएँ और सब्जी-दूध सप्लाई के भी लाले पड़ गए।

बीते साल अप्रैल 2019 में अमेरिका जाने और पहली मार्च 2020 को अमेरिका से मेडिकल टूरिज्म पर दो माह की मोहलत पर इंडिया लौटने के बीच मनोविज्ञान के इन रिटायर्ड प्रोफेसर की पर्सनैलिटी में आए फर्क ने भीतर तक हिला दिया···

हवाएँ सन्न पड़ी थीं। मुझे भलीभाँति याद है, वह 22 अप्रैल, 2019 की सुबह थी। जीजाश्री पं. जयप्रकाश मिश्रा··· वही मनोविज्ञानवाले प्रो. जे.पी. मिश्रा लगभग अमेरिका अप्रवास के लिए लखनऊ के गोमती नगर के विनम्र खंड स्थित नीलकंठ कुंज के द्वार पर अपने हितमित्र परिजनों से विदाई ले रहे थे। मेरी श्रीमती सुश्री लता पांडेय ने उन्हें विनम्र प्रणाम कर आशीष माँगा, "जीजाजी, आशीर्वाद दीजिए कि हम आपके इंडिया पुनरागमन पर आपका स्वागत निर्विघ्नता के साथ उस निजगृह में कर सकें, जिसका नींव पूजन आप और दीदी (रीता दी) की उपस्थिति में कल हुआ है।"

जीजाजी ने ठहाके लगाए, "क्या बात करती हो···तुम तो मेरी नूर-ए-जहाँ हो! मेरे सिकंदर-ए-आजम की अजीज मोहतरमा हो!! मैं तो वह पारस प्रस्तर हूँ कि लोहा छू दूँ तो सोना बन जाए। फिर उपेंद्र तो मेरे परम प्रिय शिष्य भी हैं।"

सच है कि मनोविज्ञान के प्रोफेसर मेरे जीजाश्री डॉ. जे.पी. मिश्रा ने तन-मन-धन और सबसे बढ़कर मनोवैज्ञानिक मोटीवेशन के जरिए मेरे युग के तमाम युवाओं के भविष्य निर्माण में पारस पत्थर जैसी ही भूमिका निभाई। जी-जान लगाकर पीढ़ियों को मनोवांछित सीढ़ियाँ चढ़ाने में उन्होंने हमें हाई स्पीड बढ़ानेवाले एक्सीलेरेटर के समान योगदान दिया।

जयप्रकाशजी के जीवन में थ्रिल और सस्पेंस का ताना-बाना सदा ही बना रहा। मसलन, साल 1971 ई. में उनका विवाह ज्योतिर्मठ के शंकराचार्य स्वामी ब्रह्मानंद सरस्वतीजी की दौहित्री रीता के साथ जिस शाम संपन्न हुआ, उसी दिन गोरखपुर विश्वविद्यालय ने उनका बी.ए. फाइनल का रिजल्ट घोषित किया। उन दिनों रिजल्ट अखबारों में छपता था। शादी के बाद बारात कलेवा रस्म के जेवनार पर बैठी थी, तभी कोई रिजल्ट का अखबार लेकर विवाह स्थल पर आ गया। जयप्रकाशजी का रोल नंबर गायब! चर्चा फैल गई कि बी.डी.ओ. साहब का दामाद बी.ए. फेल हो गया। खुशी का माहौल मायूसी में बदल गया। रीताजी के पिताश्री के.पी. पांडेय यू.पी. पी.सी.एस. एलाइड बी.डी.ओ. थे। वे यह मानने को तैयार ही नहीं थे कि जिस लड़के ने बी.ए. प्रीवियस में यूनिवर्सिटी टॉप किया हो, वह फाइनल ईयर में फेल हो सकता है। जयप्रकाश की ससुराल सुरहुरपुर (प्रथम शहीद मंगल पांडेय का गाँव) के युवागण मंगल पांडेय जैसे ही उत्साही व समाज-सेवी थे। फौरन दो युवा डेढ़ सौ किलोमीटर दूर गोरखपुर दौड़ गए और जयप्रकाश की सासू इंदिरा पांडेय सुमिरन करने लगीं, अपने बाबा शंकराचार्य व उनके शिष्यों महर्षि महेश योगी और करपात्रीजी महाराज को। रीताजी और उनकी माँ का हरिसुमिरन तभी संपन्न हुआ, जब गोरखपुर गए युवक शाम तक खबर लेकर आ गए कि दूल्हे ने यूनिवर्सिटी टॉप किया है। टॉपर व सेकेंड टॉपर में केवल दो नंबर का ही अंतर होने से रीचेकिंग और रीकाउंटिंग कराने में दोनों का रिजल्ट रोक लिया गया था। यह चित्र उसी ग्रेजुएशन कन्वोकेशन का है, जिसमें बी.ए. टॉपर जे.पी. मिश्रा के सीने पर लगा गोल्ड मेडल दिख रहा है

फिर चाहे वह मैं रहा होऊँ, मेरे छोटे भाई की पत्नी किरन रही हों या फिर उनके छोटे भाई कृष्ण कुमार, रमेश कुमार और भतीजे विजय कुमार (मेरा प्रिय विज्जू, जिसके कारण मैं गोरखपुर विश्वविद्यालय हॉस्टल त्रयी का जगत् मामा विख्यात हुआ और 'मामा की टेंपो हाई है' के नारों के बीच छात्रसंघ चुनाव तक भारी मतों के अंतर से जीत लिया था।) रहे हों।

जीजाश्री निडर, अभिनव प्रयोगधर्मी हमेशा से ही रहे हैं। सुनारवाली सॉफ्ट हथौड़ी से मुझ जैसे सख्त, हठीले-गठीले और जंग पकड़ने वाले लोहे को भी उन्होंने कायदे से सुधियाकर नई दिल्ली के जे.एन.यू. कैंपस स्थित भारत के प्रीमियर इंस्टीट्यूट आई.आई.एम.सी. यानी भारतीय जनसंचार संस्थान में गड़वाया। यकीनन मुझे नहीं मालूम था कि मुझ जैसे आयरन को भी चौबीस कैरेट गोल्ड में गढ़ा जा सकता है। ऐसा हुआ, क्योंकि वास्तव में यह कमाल प्रो. जे.पी. मिश्रा जैसे परम प्रेरक मनोवैज्ञानिक गुरु के बूते की बात थी। ···और यह हो भी क्यूँ न। सुरहुरपुर सौदमा की मझुई नदी और खंडौरा के ऊसरों में इंटर तक की परम देहाती परिवेश में पढ़ाई करके निकले इस डायमंड ने खुद भी तो बी.ए. और एम.ए. में गोल्ड मेडल बड़े हक से हासिल किया था और अपने दौर के दिग्गज प्रोफेसर तथा हेड व अपने पी-एच.डी. गाइड प्रो. एल.बी. त्रिपाठी को खुलेआम ललकारकर अपने दम प्रोफेसरी हासिल की थी। यह वही प्रो. एल.बी. त्रिपाठी थे, जिनके बाबत अकादमिक दुनिया में इनका ऐसा रुतबा था कि दिल्ली विश्वविद्यालय से लेकर बी.एच.यू., जे.एन.यू., ए.एम.यू. और शांति निकेतन तक यह कहावत चल पड़ी थी कि 'सायकोलॉजी का प्रोफेसर वही, जो त्रिपाठी मन भाए।"

खैर, तो मैं चर्चा कर रहा था कि प्रो. जे.पी. मिश्रा ने मुझे सुधारने में कोई कसर बाकी न रखी थी। जे.पी. जीजा ने मुझे उस नाजुक दौर में मेरे बाबूजी से माँग लिया, जब मैं किशोरावस्था की कमजोरियों,

बी.डी.ओ. साहब के इकलौते साहबजादे (मेरे अनुज प्रिय शिशिर मुझसे तेरह वर्ष छोटे हैं) के रूप में चापलूसों की पिछलग्गू भीड़ और बाबूजी के अतिशय लाड़-दुलार के चलते बिगड़ने के कगार पर खड़ा था। बी.एस-सी. बायोलॉजी की कक्षाओं के साथ ही जीजाजी मुझे अपनी साइकोलॉजी की क्लासेज भी अटेंड करने को कहते और बी.आर.डी. पी.जी. कॉलेज कैंपस के बाहर निकलते ही वे मुझसे व अपने भतीजे विजय से ऐसे घुल-मिल जाते, जैसे हम तीन लँगोटिया यार हों।

सच में, जीजाश्री हमारे जीवन में एक पारस पत्थर की तरह सिद्ध हुए। उन्होंने जिस-जिस को भी छुआ, मसलन उनके भाई, भतीजे और साले (मैं) तक सब-के-सब अकादमिक दुनिया में तो चमके-ही-चमके, सभी जन अपने कॅरियर में भी लाखों वेतनवाली कमाई करने लगे। उनके स्पर्श से लीक पर चलनेवाले तो दौड़े ही, मुझ जैसे अफसर-पुत्र पत्रकारिता (अपने समस्त खानदान-कुल-ग्राम में मैं पहला) की ऊबड़-खाबड़ व सर्वथा अनजान-सी पथरीली राहों पर निकल लिया, तो भी इस विशिष्ट पारस पत्थर के स्पर्श व प्रताप से कभी डिप्रेस नहीं हुआ। अच्छा और आदर्श जीवन जिया। पत्रकारिता के दौरान नेताओं-अभिनेताओं के ग्लैमर, अभियंताओं व रसूखदारों की धौंस तथा घूसदाताओं जैसे बड़े-बड़ों से कभी न इंप्रेस हुआ और न ही विचलित। अपने बाबूजी के जीवन-दर्शन और माँ की शिवम् सुंदरम् आस्था व संस्कारों के आलोक में जय-विजयकारी पारस प्रस्तर जयप्रकाश ने जैसे मेरे जीवन-पथ को आलोकित किया, ईश्वर करे, उनका यह डायमंड जुबली ईयर प्रो. जे.पी. मिश्रा के भावी जीवन-पथ को 'कुर्वेत कर्माण जीवेत शरदः शतम् यात्रा पाथेय' से पुष्ट-संतुष्टकारी सिद्ध करे!

ईश्वर से मेरा यह भी आग्रह है कि उनके जीवन की यह सिद्धि प्रो. जे.पी. मिश्रा के पुत्रद्वय अमेरिकावासी अभियंत्रण प्रबंधन विशेषज्ञों योगेश व विवेक संग आनंद में प्राप्त हो, जहाँ उन्हें वैसी ही आनंदानुभूति हो, मानो बाल योगेश-विवेक उनके कंधों पर दोनों ओर पैर लटकाए

बैठे हैं और जीजाश्री अपने श्रीमुख से अपना प्रिय गीत गुनगुना रहे हैं—"तुझे सूरज कहूँ या चंदा, तुझे दीप कहूँ या तारा! मेरा नाम करेगा रोशन, जग में मेरा राजदुलारा!!"

मुझे अभी से उम्र के उत्तरार्ध का विबोध हो रहा है। प्रो. जे.पी. मिश्रा निर्वेद में खोए मुझे एकटकी लगाकर निहार रहे हैं··

□

दान वीरांगनाएँ

• दीक्षा मिश्रा

(दीक्षा मिश्रा प्रखर वक्ता और पेशे से शिक्षिका हैं। ये शैक्षिक और प्रेरक विषयों पर लगातार लिखती रहती हैं। इन्हें किस्सागोई का शौक है।)

सड़क पर सन्नाटा ऐसे पसरा पड़ा है, मानो किसी बड़े क्षेत्रफलवाली मरुभूमि में चटख धूप ने उसकी रंगत को फीका कर दिया है। हवा एकदम ठहरी हुई है। आसमान में सूरज बिल्कुल मेरे सिर पर टँगा है। भला हो कि मैं अपनी कार के भीतर हूँ, वरना सड़क पर एक पल के लिए खड़े हो जाओ, तो बड़ा भाँय-भाँय लग रहा है, जिसका मुझे अभी एक जगह कार रोकने पर स्वानुभव हुआ है। चारों ओर सन्नाटा छाया है। रास्ते पर चलते ही जाओ··· चलते ही जाओ, लेकिन मजाल है कि आपको एक कंपट की भी दुकान खुली मिल जाए।

दरअसल, यह सब लॉकडाउन का असर है। दुनिया सहित भारतवर्ष भी इसकी चपेट में है। हम उसी से जूझ रहे हैं, वह भी इस साल के शुरुआती दिनों से ही। सच पूछो तो इस साल 2020 को पीड़ा, शोक या विषाद का निर्दयी कालखंड कहना कदापि अतिशयोक्ति न होगा। यह वह समय है, जो संपूर्ण मानव जाति के स्वास्थ्य पर संकट के

बदल ले आया है। चुनौती है कि जिसके भी शरीर की प्रतिरक्षा प्रणाली मजबूत है, केवल वह ही इस कोविड-19 वायरस से लड़कर बच सकेगा। बाकी सब बेमौत ही मर जाएँगे। हमारी किंकर्तव्यविमूढ़ता ऐसी कि आज हम सभी अपने घरों की चहारदीवारियों में कैद अपनी असहाय और बेबस आँखों से यह वैश्विक मृत्यु-तांडव देख रहे हैं।

चूँकि लॉकडाउन के कारण लोग अपने-अपने घरों में कैद हैं। सड़कों पर सार्वजनिक वाहनों के चलने की मनाही है। केवल जिन्हें बेहद जरूरी काम है, वे ही विशेष अनुमति के सहारे अपने निजी साधनों का उपयोग करके काम पर निकल सकते हैं। मैं भी अपने स्कूली कामकाज से ही अपने घर से बाहर निकली हूँ। मेरे चेहरे पर मास्क है, वह भी एन-95; और अब मेरे कौड़ियोंवाले पीले रंग के पर्स में मैं एक और चीज लेकर हमेशा चलने लगी हूँ और वह है सैनिटाइजर की शीशी, वह भी अल्कोहल युक्त।

स्कूल में बच्चों के आने की मनाही है। केवल स्टाफ ही एक अंतराल में अपनी ड्यूटी पर आ रहा है। आज मेरी बारी है। बच्चों के बिना स्कूल कितना सूना-सूना लग रहा है। फूलों की क्यारी से सटकर लगे सरकारी हैंडपंप पर यूँ तो बच्चों का गुच्छा उनके नल का मुहाना दाबे अकसर पानी पीते रहते थे, लेकिन आज हैंडपंप के उस मुहाने से तो पानी भी नहीं टपक रहा है, जो अकसर टपका करता था। मालूम पड़ रहा है कि शायद कई दिनों से किसी ने इस हैंडपंप को हाथ तक नहीं लगाया। एकाध, जो स्टाफ स्कूल आ रहा है, उनमें से सभी मेरी ही तरह अपने पीने का पानी अपने घर से ही लेकर आ रहे हैं। यह सब कोरोना से बचाव को लेकर बरती जानेवाली सावधानियाँ हैं। हम लोग अनायास ही किसी भी पदार्थ या तल को छूने से परहेज कर रहे हैं।

विश्व स्वास्थ्य संगठन की चेतावनी हो या कि हमारे देश के सरकारी विज्ञापन, सभी इस कोरोना महामारी में बच्चों और बुजुर्गों का खास ध्यान रखने के लिए कह रहे हैं, लिहाजा ठीक ही है कि प्राइमरी

स्कूलों को पूरी तरह से बंद कर दिया गया है, जिससे कम-से-कम बच्चों को कोरोना से भय का खतरा कम हो गया है। अब हमें केवल अपने बुजुर्गों की ही चिंता भर और करनी है।

शाम अपने ठिकाने को लग रही है और मैं भी। गोधूलि का वक्त होते ही मैं स्कूल से वापस घर पहुँच गई। मुझे खुशी है कि स्कूलों को बंद करके हमारे बच्चों को कोरोना के खतरे से कमोबेश दूर कर लिया गया है, लेकिन मैं अभी भी बुजुर्गों को लेकर थोड़ी चिंतित हूँ। मैं सोचती हूँ कि बुजुर्गों का हमें कितना ज्यादा ध्यान रखना पड़ रहा होगा न!

वास्तव में, हमारे बुजुर्ग या वरिष्ठजन हमारी मौजूदा सभ्यता की धुरी हैं। इस वैश्विक महामारी में इन बुजुर्गों का ध्यान रखने के लिए माननीय प्रधानमंत्री का विशेष आह्वान है। कोरोना की लड़ाई में प्रधानमंत्री के सहयोग के लिए देशवासी भी कंधे-से-कंधा मिलाते मालूम पड़ते हैं। इसमें देशवासियों ने जो सबसे बड़ा सहयोग किया है, वह देश की रीढ़ यानी कि आर्थिक जरूरतों को मजबूती देने में किया है, क्योंकि यह सच है कि इस महामारी ने हमारे समुचित आर्थिक जगत् को अपंग बना दिया है। अतएव आर्थिक विषमताओं व बाधाओं के मध्य हमारे राष्ट्र-परिवार के मुखिया ने परिवार के सभी सदस्यों से आर्थिक मदद की गुहार लगाई है। इस क्रम में प्रधानमंत्री मोदी ने अपने ट्विटर हैंडल के माध्यम से देश भर के लोगों से कोरोना वायरस के खिलाफ लड़ाई में सहयोग करने का आह्वान किया है। इस दिशा में कदम बढ़ाते हुए प्रधानमंत्री ने कोरोना वायरस से लड़ाई के लिए अलग से 'पी.एम.-केयर्स' फंड बनाया है। उन्होंने कहा कि स्वस्थ भारत के निर्माण में यह फंड बेहद कारगर साबित होगा।

प्रधानमंत्री का यह विचार परिणत हुआ तो इसके आशातीत परिणाम सामने आए। अखिल भारतीय रूप से उनकी माइक्रोडोनेशन की स्वीकार्यता मानो रामसेतु के निर्माण में गिलहरी के योगदान की महत्ता को दरशा रही है। इस बाबत उन्होंने भारत की जनता का आह्वान करते हुए

कहा, "आइए, अपनी भावी पीढ़ी के लिए हम भारत को स्वस्थ व समृद्ध बनाने में कोई कसर न छोड़ें।"

प्रधानमंत्री द्वारा किए गए आह्वान के इस तरीके ने पूरे देश की आत्मा को छू लिया। देश के प्रत्येक कोने से अंशदान प्रारंभ हो गए। परंतु इस दिशा में आश्चर्य व गर्व दोनों तरह की अनुभूतियों का अद्‌भुत समागम तो तब हुआ, जब हमारे समक्ष कुछ ऐसे उदाहरण आए, जिन्होंने हमें जीवन का सही अर्थ समझाया। देखो न! किसने सोचा होगा कि जिन बुजुर्गों को सुरक्षित परिवेश देने की अपील स्वयं सरकार कर रही है, वही बुजुर्ग सरकार के ही मददगार साबित होंगे। किसी ने कल्पना भी नहीं की होगी कि घर की नींव की सबसे पुरानी ईंट ही आपदा के काल में सबसे मजबूत कड़ी बनकर उभरेगी।

कहते हैं न कि जिस परिवार में बुजुर्गों का साया न हो, वह परिवार अधूरा-सा लगता है और जिस परिवार के बुजुर्ग सुदृढ़ हों, उसे कोई कष्ट नहीं हो सकता। यह कथन अपने अर्थ की महिमा को और बढ़ा देता है, जब हम सब उत्साह से समाज की ऐसी मजबूत बुनियाद से सरोकार रखते हैं।

आज जहाँ हर किसी का जीवन धनलोभ से सना है। हर कोई जीवनपर्यंत अपनी जमा-पूँजी से बस अपनी संतानों का ही भविष्य सृजित कर पाता है। उसमें भी उसे तमाम चुनौतियाँ उठानी पड़ती हैं। ऐसे में जरा सोचिए, आज के दौर में भी क्या ऐसा भी कोई होगा, जो अपने देश के हर युवा और आनेवाली पीढ़ी के लिए अपने जीवन भर की संपूर्ण जमा-पूँजी यानी कि अपना सबकुछ न्योछावर कर देगा!

जी हाँ, सर्वस्व दान की भारतीय परंपरा के निर्वाहक हमें इक्कीसवीं शताब्दी में भी देखने को मिले हैं, हिमालय की श्रृंखला में निवास करनेवाली कुछ बुजुर्ग महिलाओं के रूप में। एक ओर जहाँ कोरोना की वैश्विक महामारी में बुजुर्गों को सहयोग की अधिक जरूरत है, वहीं दूसरी ओर इन बुजुर्ग महिलाओं ने स्वयं सहयोग देकर जीवटता

की मिसाल पेश की है। जहाँ तक हम दादियों को केवल बचपन के किस्सों, कहानियों और नुस्खों के लिए याद करते हैं, वहीं हमारी इन दादियों ने अपने जीवन के अंतिम पड़ाव में स्वयं को ही किस्सा बना डाला है। उन्होंने वैश्विक महामारी में अपनी ओर से ऐसा न सिर्फ नुस्खा दिया है, बल्कि खुद औषधि भी देकर देश को जीर्ण होने से बचाया है। उनकी इस उपादेयता और सहयोग को मानवीय इतिहास में स्वर्णिम अक्षरों से लिखा जाएगा। तो चलिए, आपको सर्वस्व दान देने की मिसाल बनीं बुजुर्ग दादी के पास लेकर चलते हैं।

हम देवदार के ऊँचे नुकीले वृक्षों से घिरे हुए हैं। वृक्षों के घनत्व के बीच मिले साँसों से बादल घुसकर एक-दूसरे के साथ छुई-छुवउवल खेल रहे हैं। मध्य हिमालय की पर्वत श्रृंखला में ऊपर की ओर बढ़ने पर नीचे देखो, तो बीच-बीच बसे गाँव और कुछ शहर मन को बरबर मोह रहे हैं। यहाँ आनेवाली हर नदी अपने साथ आत्मीयता बहाकर वहाँ की माटी में बिखेर रही है। थोड़ा और ऊँचाई पर आगे बढ़ने पर हमें एक शहर मिला 'चमोली', जिसकी वादियों की मनोहर छटा ने एक पल के लिए हमें इस भ्रम में धकेल दिया है कि हम धरती पर नहीं, स्वर्ग में हैं।

उत्तर भारत में वादियों का राजा कहे जानेवाले उत्तराखंड प्रांत का जिला चमोली मध्य हिमालय की गोद में स्थित अलकनंदा के सान्निध्य में रचा-बसा जीवटता के बोध में सना सुंदर-सुंदर बिंबों की बाढ़वाला अद्भुत, अद्वितीय व अलौकिक सुंदरता का मनोहारी उदाहरण है। चमोली की इन्हीं वादियों के बीच ही रहती हैं हमारी सर्वस्व दानदाता बुजुर्ग दादी देवकी। देवकी दादी ने अपने जीवन के पैंसठ बसंत पार कर लिये हैं। ये चमोली जिले में मूलतः बच्छठास्यू पट्टी (रुद्रप्रयाग) की निवासी हैं। इनका पूरा नाम है—देवकी भंडारी। देवकी भंडारी का घर वर्तमान में गौचर नगर पालिका क्षेत्र में है। इस पावन भूमि से होने के कारण ही शायद इनमें पर्वतों-सी दृढ़ता और नदियों-सी निर्मलता है। जब आप देवकी दादी से बात करते हैं तो आपको इनके ये गुण स्पष्ट

परिलक्षित होते हैं। यद्यपि देवकी भंडारी के पति की मृत्यु के बाद से जहाँ एक ओर विधाता ने इन्हें पहाड़ जैसे जीवन को अकेले ही काटने के लिए बारह वर्षों से बाध्य कर रखा है। तथापि इन्होंने अपने मजबूत इरादों, जीवटता, सौम्य स्वभाव, सहजता व सामाजिक सरोकारों से जीवन को उपादेयता के साथ जिया है। देवकी भंडारी के सरोकारों ने ही तो यहाँ के सभी नगरवासियों का दिल जीत लिया। इनके सामाजिक जीवन में अलकनंदा जैसी पवित्रता और हिमालय जैसी दृढ़ता के प्रत्यक्ष दर्शन होते हैं।

हिमालय में शाम हो रही है। यहाँ समतल जैसी गोधूलि नहीं होती। आकाश में पक्षियों का झुंड भी वैसा नहीं दिखाई दे रहा है। बावजूद इसके चमोली की साँझ हमारा मन मोह रही है। हमें सुबह होने का बेसब्री से इंतजार है।

चमोली की भोर श्लोकमयी है। सुबह कदम मुलायम। पास के न जाने किस घर में एक पहाड़ी गीत बज रहा है, जो हमें भजन की तरह जान पड़ रहा है। शायद भजन ही है। सामने खुले मैदान में एक तुलसी का बिरवा लगा है। एक किशोरी तुलसी माता को जल चढ़ा रही है। कितना सुंदर है एक स्त्रित्वधारी शय का दूसरी स्त्री को अर्घ्य देनेवाला यह दृश्य।

भारतीय स्त्री का हर रूप अनूठा है। यह अनुपम और वर्णन से परे है, जिसे किसी खास पहचान, किसी एक परिभाषा तथा एक श्लोक या सूत्र में भला कैसे अभिव्यक्त किया जा सकता है। स्त्री का साहस, संयम और सौंदर्य उसके विशिष्ट गुण हैं, जिन्हें वह भिन्न अवसरों पर भिन्न-भिन्न तरीके से परिलक्षित करती है। इन सबसे परे स्त्री का सबसे बड़ा गुण उसकी त्यागशक्ति है। यह पुरुषों में उतनी गहराई तक नहीं। स्त्री धात्री है। उसमें गहराई होती है। त्याग के विषय में भी वह क्या नहीं न्योछावर करती है! शायद इतिहास ढंग से टटोला नहीं गया या कि लिपिबद्ध ही न किया गया हो, वरना हरिश्चंद्र, दधीचि और राजा

बलि की गुरु कोई स्त्री होती। संभव है कि इनकी प्रेरणा कोई स्त्री रही हो या कि इनका ही कहीं स्त्रित्व जागा हो।

इस चमोली की देवकी दादी एक स्त्री हैं, जिन्होंने अपने जीवन भर की जमा-पूँजी को एक ही पल में देशहित में न्योछावर कर दिया। बड़े-बुजुर्गों की एक कहावत है—व्यक्ति अमीर पैसों से नहीं, दिल से होता है। कोविड-19 की वैश्विक महामारी के इस दौर में देवकी दादी ने इस कहावत को चरितार्थ कर दिया है।

सेंट्रल बैंक ऑफ इंडिया की गौचर शाखा में ग्राहकों की औसत भीड़ जमा है। एक ग्राहक से दूसरे ग्राहक के बीच लगभग दो गज की दूरी है। लोगों के चेहरे पर तसल्ली के भाव हैं कि कोरोना की भयावहता के बीच कम-से-कम बैंक खुला है।

प्रधानमंत्री मोदी के आह्वान पर आज देवकी दादी अपनी और अपने स्वर्गीय पति की कुल जमा-पूँजी को प्रधानमंत्री राहत कोष में दान करने की पेशकश करने गौचर के इसी सेंट्रल बैंक ऑफ इंडिया की शाखा में पहुँच गई हैं। उन्होंने राहत कोष में दान देनेवाली परची को भरकर ज्यों ही बैंक कैशियर को थमाई, वह हैरान होकर देवकी दादी को निहारने लगा। उस दान की परची में देवकी दादी ने जो रकम भरी है, वह लिखी है—10,00,000 रुपए मात्र।

एक सामान्य परिवार से आनेवाली विधवा नारी कितनी सहजता से अपने जीवन भर की पूँजी देश के नाम दान कर रही है। बैंक कैशियर देवकी दादी को अभी भी हतप्रभ निहार रहा है। वह अपने मन में "दस लाख रुपए··· दान!!" सोचकर गले से थूक गटक रहा है। देवकी दादी बैंक कैशियर के सामने दस लाख रुपए दान में देने के लिए भरी परची को सहज भाव में अपने हाथ में लटकाए सहजता से खड़ी हैं। उनके चेहरे पर निश्छलता के भाव हैं। बड़प्पन की एक शिकन तक नहीं। उनकी आँखों में कल के भारत की चिंता और जिम्मेदारी के भाव हैं। यह दृश्य अतुलनीय है। बैंक के सभी कर्मचारी और अधिकारी उन्हें

हैरान होकर देख रहे हैं, मानो वे सब देवकी दादी के रूप में त्याग और मानवता की साक्षात् जिंदा प्रतिमा निहार रहे हों।

उम्र का वह पड़ाव, जिसमें कदम लड़खड़ाने लगते हैं, प्रायः लोग अपने परिवार या संबंधियों पर आश्रित हो जाते हैं। लेकिन इस चौखट पर खड़ीं देवकी दादी अपनी कर्तव्यनिष्ठा, दानशीलता और दृढ़ता से औरों की सेवा में तत्पर हैं, जो लोगों के लिए प्रेरणा का एक नया अध्याय लिख रही हैं। उनकी जीवटता और दानवीरता को सभी ने सलाम किया।

अगले रोज यहाँ के पालिका-सभासद अनिल नेगी गर्वित होकर हमें बताने लगे, "यह पहला अवसर नहीं है, जब देवकी दादी ने कोई समाज-सेवा का काम किया हो। इससे पूर्व भी वे ऐसे अनेक कार्य कर चुकी हैं।"

प्रसन्नचित्त मुद्रा में देवकी दादी

देवकी दादी का मायका बीजलाकोट सारी में है। उनके पिता 'आजाद हिंद फौज' में थे। कहते हैं न कि माँ-बाप के दिए संस्कार जीवनपर्यंत प्रेरणास्वरूप हमारे साथ रहते हैं। अवश्य ही देवकी दादी को भी यह देशभक्ति व समाज-सेवा का भाव अपने पिता से विरासत में मिला होगा। इनका विवाह हुकुम भंडारी सिंह से हुआ, जो रेशम विभाग में साधारण से बाबू थे। उनका बारह वर्ष पूर्व देहांत हो गया था। देवकी दादी की कोई संतान भी नहीं थी। विधाता व समय द्वारा प्रदत्त इन परिस्थितियों का सामना करते हुए, देवकी दादी ने ही स्वयं को सँभाला। नारी जीवन के महत्त्वपूर्ण स्तंभों, मसलन पिता, पति व पुत्रों में से किसी का भी साथ न होने के बावजूद इन्होंने स्वयं को हारने नहीं दिया। अपने जीवन के अँधियारे में खो जाने के स्थान पर इन्होंने खुद को उस दीपक की भाँति प्रज्वलित रखा, जिससे संपूर्ण समाज आज प्रकाशमान है। देवकी दादी बरसों से निर्धन व असहाय बच्चों को जीवनयापन के संसाधनों के साथ-साथ शिक्षा के हर अवसर उपलब्ध कराती रही हैं। इन्होंने एक अनाथ बच्चा भी गोद लिया था, जो आजकल तकनीकी शिक्षा के क्षेत्र में अग्रसर है।

देवकी दादी की समाज-सेवा व देशभक्ति को नमन करते हुए हमारे देश के राष्ट्रपति रामनाथ कोविंद ने भी ट्वीट करके उनकी सराहना की और लिखा, "उत्तराखंड के चमोली की रहनेवाली श्रीमती देवकी भंडारी के उदारतापूर्ण योगदान के बारे में जानकर अत्यधिक प्रसन्नता हुई। उन्होंने एक सच्चे राष्ट्र-निर्माता की भावना से अपने जीवन भर की कमाई के दस लाख रुपए पी.एम. केयर्स फंड में सौंप दिए हैं। उनकी इस कल्याणकारी भावना से पता चलता है कि कोविड-19 की महामारी को परास्त करने के लिए हमारे देशवासियों का संकल्प कितना मजबूत है। उन्हें मेरी शुभकामनाएँ…"

राज्य के पर्यटन मंत्री सत्यपाल महाराजजी ने भी देवकी दादी की प्रशंसा करते हुए कहा, "वे उत्तराखंड की एक महिला की सच्ची भावना को दरशाती हैं।"

यकीनन देवकी दादी की कीर्ति और आभा अनुकरणीय है, इसलिए इसमें कोई संदेह ही नहीं कि किसी ने उनका त्वरितानुकरण न किया हो। अभी कुछ ही दिन बीते हैं। हम चमोली की आब-ओ-हवा का पान करने के आनंद में मशगूल थे कि यहाँ नगर के चौराहों पर एक और दान वीरांगना की चर्चाएँ आम होने लगीं। एक बार फिर से चमोली की एक दादी ने राष्ट्र-निर्माण में अपने आँचल से अंजुरी भर क्षुधा के चउर स्वरूप पूरे एक लाख रुपयों की धनराशि पी.एम. केयर फंड में दान कर दी है।

यह दादी पचासी बरस की हैं, जिनका नाम श्रीमती शांति देवी गुसाई है। शांति देवी भी चमोली जिले के गौचर की ही रहनेवाली हैं, जो अब पालिका के वॉर्ड नंबर सात में रहती हैं। शांति दादी ने भी देवकी दादी की तर्ज पर इस कोरोना संकट के समय असहाय और जरूरतमंदों के लिए एक लाख रुपए की धनराशि पी.एम. केयर फंड में जमा करके मानवीयता की मिसाल पेश की है। उनके पड़ोसियों का कहना है, "इससे इन्होंने अपने परिवार व गाँव ही नहीं, बल्कि अपने जिले एवं राज्य का नाम भी रोशन किया है।"

शांति दादी के पति स्वर्गीय सूबेदार महिपाल सिंह गुसाई, जो कि गढ़वाल राइफल्स से सेवानिवृत्त फौजी थे, उन्होंने देश की सेवा में अपना पूरा जीवन दिया। आज जब देश को जरूरत हुई, तो उनकी धर्मपत्नी शांति देवी गुसाई ने एक लाख रुपए इस महामारी से लड़ने के लिए प्रधानमंत्री केयर फंड में दान देकर अपने स्वर्गीय फौजी पति से न सिर्फ कंधे-से-कंधा मिलाया, बल्कि इन्होंने उनके सीने में दानवीरता का एक पदक लगा दिया है, जिनके संस्कार लेकर शांति दादी अब तक देश-सेवा के भावों से भरी थीं। उन्होंने यह धनराशि भारतीय स्टेट बैंक की गौचर शाखा से 17 अप्रैल, 2020 को भुगतान करके प्रधानमंत्री राहत कोष में भेज दी है।

शांति दादी के चेहरे पर विजित मुसकान है। वे फौजी की पत्नी हैं। कोई साफ पढ़ ले कि वे अपने स्वर्गीय पति से प्रेरणा पाकर यह कर गईं

अपने घर की चौखट पर बैठीं जिंदादिली का उदाहरण पेश करनेवाली शांति दादी

और अब वे मन-ही-मन उन्हें इसकी पावती भेज रही हैं। शांति दादी मुसकरा रही हैं। वे भारतवर्ष के उज्ज्वल भविष्य के लिए दुआएँ पढ़कर आश्वस्त हैं। स्थानीय लोगों में चर्चा है, "गौचर की दादियाँ अपनी जिंदादिली का उदाहरण दे रही हैं। उनका यह इनसानियत से भरा कदम सदियों तक याद रखा जाएगा और इतिहास के पन्नों में सुनहरे अक्षरों से पिरोया जाएगा।"

लोगों में अब पहाड़ की दादियों की चर्चाएँ गरम हो चुकी हैं। इनके इरादे कितने मजबूत होते हैं! कोरोना महामारी से सबसे ज्यादा बुजुर्गों की ही चिंताएँ हैं, लेकिन भारत की इन बुजुर्ग दान वीरांगनाओं ने स्वयं अगुआ बनकर भारत का माथा पर्वत-सा गर्व से ऊँचा कर दिया है। अभी

देवकी दादी और शांति दादी की चर्चाएँ अपने उच्च परास तक पहुँची भी न थीं कि एक और पहाड़ी दादी ने अपने जीवन भर की जमा-पूँजी को पी.एम. केयर फंड में दान करने की ठान ली। उत्तराखंड की ही 82 वर्षीय दर्शनी देवी ने धीरे-धीरे करके अपने जीवन भर में कुल दो लाख रुपए जमा किए हैं। दर्शनी दादी के इन दो लाख रुपए का भार इतना अधिक है कि इससे कोरोना की लड़ाई में घायल हमारी जीत की पूरी उम्मीद टिकी है। दर्शनी दादी उत्तराखंड के केदारनाथ के पास एक सुदूर गाँव से ताल्लुक रखती हैं। बुजुर्ग विधवा दर्शनी देवी सन् 1965 के युद्ध में शहीद हुए, एक बहादुर सैनिक की पत्नी हैं। इस उम्र में उनके इरादों में जान फूँकती उस शहीद बहादुर सैनिक की वरदी ही उनकी प्रेरणा का स्रोत है, जिसे दर्शनी देवी ने अपने नित दर्शन के लिए बड़े स्नेह से सहेजकर रखा है। यह सब देख-सुनकर मैं ऊपरवाले से पूछ रही हूँ कि "हे ईश्वर! हिमालय की इन हसीन वादियों में तूने न जाने वह कौन सा रस घोला है, जिसके नित पान से यहाँ की हर औरत देश के लिए इतना कुछ सौंपने को तैयार हो जाती है? आखिर इनके कलेजे में क्या भरा है, जिससे फौलाद भी खुराक माँगे।"

विजित मुसकान बिखेरती दर्शनी दादी

इन सभी दान वीरांगनाओं की गाथा पहाड़ों पर और समूचे देश में सदा अमर रहेगी, जिन्होंने कोरोना जैसी भयावह वैश्विक महामारी के समय न सिर्फ अपनी जमा-पूँजी देश के लिए न्योछावर की, बल्कि इन्होंने हमारी पीढ़ी को बताया कि 'धन बहुमूल्य है, परंतु जीवन अमूल्य है। और किसी के जीवन हेतु दिया गया दान हजार तीर्थों से भी बड़ा है।'

□

व्यथा की आग

• डॉ. अरुण प्रकाश

(डॉ. अरुण प्रकाश राष्ट्रीय हिंदी दैनिक समाचार-पत्र 'राष्ट्रीय सहारा' के शिक्षा-पत्रकार तथा डॉ. राम मनोहर लोहिया अवध विश्वविद्यालय, अयोध्या के अकादमिक सलाहकार हैं। ये दर्शन, सामाजिक तथा नीतिगत मामलों में अनेक पत्र-पत्रिकाओं में लगातार लिखते रहते हैं।)

बसंत उतार की ओर है। पुलोवर उतर चुकी है। अभी-अभी रंग-मलंग के साथ बसंत का उत्सव मना है। अब तो उसकी भी खुमारी आहिस्ता-आहिस्ता शिथिल हो रही है। फसलें पक चुकी हैं और अब वे किसानों को अपनी मेहनत सहेज लेने का आह्वान दे रही हैं। वास्तव में, अपेक्षाओं और आशाओं से बोई हुई फसल को पकने पर जल्द-से-जल्द काट लेने और छमाही भर निवेश की गई मेहनत का फल पा लेने का अलग ही उत्साह होता है, लेकिन अबकी स्थिति कुछ बदली-सी लग रही है। इस बार मेहनत के फल को प्राप्त कर लेने के बजाय 'कर्म-फल' विचारा जा रहा है। गाँव में सुगबुगाहट चल रही है। हर चर्चा के बाद चेहरे पर एक अजीब तरह का भय उभरता है। फिर लोक दर्शन के सर्वसिद्ध वाक्य का आह के साथ उद्घोष होता सुनाई देता है—"अब जो होना है, होगा ही।

विधि की करनी कौन टाल पाया है! यह सब कर्मों का फल है।" इसी उद्घोष के साथ अन्य भी इसी में अपनी हाँ मिलाते हैं।

इन चर्चाओं से प्रश्न उगता है—क्या सिर्फ मौसम ही बदल रहा है? क्योंकि मौसम के बदलावों को भोगना तो नियति माना जाता है और जीवन के बदलावों को प्रारब्ध। और लोक तो इतना चैतन्य है कि वह इन बदलावों को पूर्व नियत मानकर सहर्ष स्वीकार लेता है।

'नहीं–नहीं। वक्त ही बदल रहा है!'

वक्त तो बदलता ही रहता है। उसका प्रवाह तो अखंड है, जो अछोर की ओर बढ़ता जाता है। वक्त तो प्रवाह की तरह है। हर कदम पर उसके किनारे बदलते जाते हैं, फिर भी उसका संबंध नदी से बना रहता है। भीतर से संधान हुए प्रश्न का भीतर में ही शमन हो जाता है।

प्रश्न उठने और बुझने से आई मन की स्थिरता से अचानक ऊर्जा संगृहीत होकर पैरों में जा व्यापती है, जिससे एक्सेलरेटर दबता है और कार की गति अनायास ही बढ़ जाती है।

पैरों का यह जोर शायद एक अजनबी वक्त की आहट को सुनने का प्रयास था, जहाँ दिमागी परिधि दबिश नहीं दे पा रही थी या कि वह आहट दिमागी आयतन से बाहर की थी। शरीर में उठी ऊर्जा का जब सदुपयोग न हो रहा हो, तो वह दूसरे अंगों में स्थानांतरित हो जाती है। जब आप चलना चाहते हों, लेकिन पैर ठीक न हों, तो वह ऊर्जा दिमाग को बहुत तेजी से चलाने लगती है। जब आप सोचना चाहते हैं, लेकिन विचार उठ न रहे हों, तो पैर चलने लगते हैं। शरीर इसी तरह से ऊर्जा का प्रबंधन करता है।

खैर, वक्त तो अजनबी ही होता है। एक और विचार दिमाग में कौंधना स्वाभाविक है, लेकिन यहाँ अजनबी वक्त की बात नहीं है। 'होइ है वही, जो राम रचि राखा' के ध्येय पर आस्था रखनेवालों में 'इस होने' की आशंका से माथे पर बल क्यों उभर रहे हैं! क्या कुछ ऐसा होनेवाला है, जिसे मानव ने आज तक नहीं देखा है? लेकिन जीवन के सबसे

सहज-बोध मृत्यु से अधिक अजनबी इनसान के लिए कुछ नहीं होता। हालाँकि वह तो अंतिम पड़ाव है। मृत्यु-बोध का तभी विचार आता है।

इसमें भी समझनेवाली सबसे महत्त्वपूर्ण बात यह है कि मृत्यु को स्वीकारना तभी तक सहज-बोध है, जब तक कि मनुष्य को अनवरत चलनेवाली शृंखला पर भरोसा है। यदि यह पता हो कि हमारे बाद संतति न रहेगी तो यकीन मानिए, शरीर का त्याग कठिन हो जाएगा। विपदा या महामारी इसी डर को सिंचित करते हैं।

चलिए, कुछ बच्चों के जिज्ञासा भरे प्रश्न इन आंतरिक चर्चाओं से बाहर निकाल लाते हैं।

"सर! सुना है, कोई चायनीज वायरस फैला है? जिससे एक के बाद एक संक्रमित होकर लोग लगातार मर रहे हैं और इस चायनीज वायरस के केस भारत में भी आ गए हैं?"

मैंने इन बच्चों को आश्वस्त करते हुए कहा कि अभी उसके बारे में कोई ठोस वैज्ञानिक अनुसंधान नहीं है। और यह भी तय नहीं है कि वह कितना घातक है।

उन्होंने फिर कहा, "अखबारों में खबरें आ रही हैं कि इस वायरस के चलते चीन के वुहान शहर में बहुत से लोग मर गए हैं।"

मैंने कहा, "बेटा, वुहान यहाँ से बहुत दूर है। तुम लोग निश्चिंत रहो।" दरअसल, कोरोना वायरस के बारे में मैं सारी बातें जानने के बावजूद उन बच्चों को इस अदृश्य वायरस से हतोत्साहित या चिंतित नहीं देखना चाहता था।

मैं अब जहाँ जाना चाहता था, लगभग पहुँच चुका हूँ।

गोंडा, जो कभी अपनी सेंट्रल जेल के लिए बड़ा मशहूर हुआ करता था। गोंडा की सेंट्रल जेल की उन ऊँची दीवारों में आज भी कई सिसकियाँ, विद्रोह की नाद दर्ज हैं। अवध क्षेत्र के पुराने शहरों में से एक। उसके एक इलाके में एक खास तरह का आम होता है। मेरी कोशिश 'गुलाबखास' के बागानों तक पहुँचने की थी।

मैं अब तरबगंज की तरफ बढ़ रहा हूँ। उसको पार करने के बाद अयोध्या नगरी शुरू हो जाती है। तरबगंज की ओर जानेवाले रास्ते पर मौसम बहुत सुहाना है। बेशक यह प्रेमी-युगलों के यात्रा करने लायक है। लेकिन इस ओर हम जब तक सड़कों पर होते हैं, तब तक ही मौसम का मजा है, वरना थोड़ी सजा है। इसलिए यह सबसे बढ़िया लॉन्ग ड्राइव रूट के लिए उचित रास्ता है, न कि डेस्टिनेशन। यहाँ सामाजिकता के विमर्श अभी ठंडे नहीं हुए थे। हमें जहाँ भी चाय की तलब रोक देती, वहीं न चाहते हुए भी हमें कोरोना वायरस से होनेवाले आगामी संकट की चर्चा का हिस्सा बनना ही पड़ता।

रास्ते में इसी तरह से फिर कहीं रुकना पड़ा। इस बार चर्चा गंभीर हो चुकी थी। कोरोना महामारी की देश में दस्तक कुछ अखबारों में रिपोर्ट हुई थी। लोग उसे पढ़ रहे थे और उस 'कालजीत' समस्या के आगे खुद को निढाल मानकर परेशान थे।

कटरा बाजार के चौक पर निरालाजी स्निग्ध, मूर्त खड़े हैं। उसी के पास ही एक चाय की दुकान पर यह निराली चर्चा छिड़ी हुई है।

"सुना है, यह बीमारी चमगादड़ों से आई है?" किसी ने जिज्ञासा भरे लहजे में पूछा।

चायवाले ने जवाब देकर कहा, "चमगादड़ के काटे न जाने कितने फल मैंने खाए हैं, मुझे तो बीमारी नहीं हुई। यह कोई बनावटी बीमारी है।"

चाय की चुस्की के साथ एक बेहद थके मालूम पड़नेवाले आदमी ने कहा, "जो भी हो, लेकिन उसकी चपेट में आनेवाला कोई इनसान जिंदा नहीं रहता। इतना ही नहीं, यह बीमारी तो एक से दूसरे में फैलती भी है।"

एक अन्य आदमी राह चलते-चलते बोलता है, "अब प्रलय आनेवाली है, और कुछ नहीं।"

कुछ पढ़े-लिखे-से दिखनेवाले लोग इसे दवाई बेचने की चाल

बताते हैं और समझाने का प्रयास करते हैं कि बाजार किस तरह से मानव जीवन को प्रबंधित करता है।

बहरहाल, इन चर्चाओं को सुनते-गुनते, बिसराते व विचारते, भइया हम तो गुलाबखास के बाग आ जाते हैं। यहाँ मेरे अलावा बौर की मादक गंध और फल की प्रतीक्षा करती शाखों के अलावा कोई नहीं है।

शाम ढल गई है। अब कहीं आसपास किसी परिचित के यहाँ मुझे ठिकाना तलाशना है। रात का विश्राम वहीं करूँगा और सुबह अयोध्यापति राजा राम के दर्शन का विचार है।

राजा राम के दर्शन पाकर अयोध्या से लौटते समय अब कोरोना वायरस को लेकर वैसी चर्चाएँ नहीं सुनाई दे रही हैं, जैसी कि आते समय मैं सुन पाया। अब तो लोगों के समूह भी नहीं दिख रहे हैं। खबर मिली है कि लोगों ने अनावश्यक तौर पर घर से न निकलने का अभ्यास शुरू किया है। यही हाल बहराइच तक की यात्रा में रहता है। कोरोना की आशंका से घिरे व आगामी खतरे से डरे लोगों के बिना सड़क कितनी निर्दोष-सी लग रही है। एक बार तो यह विचार आता है कि राम ने सबकी विपदा अचानक से हर ली है। लेकिन थोड़ी ही देर में समझ आ गया है, यह राम नहीं, 'नरेश' की कृपा है।

सरकार ने कोरोना से बचने के लिए देश भर में लॉकडाउन की घोषणा कर दी है। लोग उसके फायदे व नुकसान से लेकर कायदे व पाबंदियों की चर्चा कर रहे हैं। लोगों में एक अजीब सी उदासी व हताशा दिख रही है। सरकारी कार्यालय से लेकर दुकानों तक को बंद करने की घोषणा कर दी गई है। अधिकतर वे लोग परेशान हैं, जिनके परिवार का कोई सदस्य शहर में कमाने गया है। उनके चिंतित होने की वजह भी जायज है। व्यापारिक नगरों की खासियत है कि वे बैठाकर किसी को नहीं पालते। जब तक कारखाने के चक्के चल रहे हैं, पसीना बहानेवालों का अपना हरजा-खरचा चल रहा है। चक्का बंद, हरजा-खरचा बंद। किसान के लिए कोई संकट नया नहीं है। हाँ, कोरोना भी नहीं। ऐसा

इसलिए है, क्योंकि साल-दर-साल घाटे की फसल बोनेवाले किसानों के लिए हर फसली मौसम का अंत किसी आपदा जैसा ही होता है। गाँवों में कुछ ही लोग होते हैं, जो सरकार पर निर्भर होते हैं।

खैर, सरकार ने दावा किया है कि इन पाबंदियों को अमल में लाने से महामारी का संकट टल जाएगा। सूनी सड़कें बता रही हैं कि लोगों को सरकार पर मजबूत ऐतबार है, लेकिन सड़कों की तरह कुछ लोगों का संचय भी खाली हो रहा है। सन्नाटा राजमार्गों से होता हुआ पेट तक पहुँच चुका है। बंदियों और पाबंदियों का साइड इफेक्ट दिखने लगा है। लोग बरसों पहले जिस गाँव को पीठ दिखाकर व्यापारिक नगरों की चमक-दमक के हो-से गए थे, अब वे वापस उन्हीं गाँवों की ओर लौट रहे हैं, जहाँ से वे निकले थे। वहीं जो पहले से गाँव में हैं, अपने भावी प्रबंधन को दुरुस्त कर रहे हैं। हालाँकि उन्हें गाँव के परनिर्भर दिव्यांगों व बेवाओं की चिंता नहीं है।

पाबंदियों का यह सिलसिला धीरे-धीरे आदत बनने लगा है, लेकिन एक वर्ग की चिंताएँ अब चौपालों की ठिठोली का मसाला बन चुकी हैं।

गाँवों में घूमकर सब्जी बेजनेवाले रामदीन मुराव एक वाकया याद करते हैं, "तरबगंज के गौहानी के कुछ चपल लोग ठिठोली कर रहे हैं। फलाने की दुल्हन व फलाने सूरदास का क्या होगा? सुना है, सरकार ने कोटा भी बंद कर दिया है। फ्री का अनाज लूटने पहुँच जाते थे, अब वह भी नहीं मिलेगा।"

एक दूसरा व्यक्ति थोड़ा ज्ञान बघारते हुए कहता है, "हाँ, बैंक भी बंद कर दिए हैं, अब पेंशन भी नहीं निकाली जा सकेगी। इन लोगों का न जाने क्या होगा।"

ग्राम की पाठशाला के मास्टर साहब कहते हैं, "ईश्वर ही इन सब संकट से हम सबको निकालेगा। हमें किसी का उपहास नहीं करना चाहिए।" पुलिस की मोटर साइकिल आती देख मजमा उठ जाता है। लोग अपने-अपने घरों में घुस जाते हैं।

पड़ोस के गाँव के आशुतोष तिवारी याद करते हैं—वह 10 अप्रैल का दिन था। गाँव के करीब 70 साल के बाबा जगप्रसाद तिवारी खेतों का मुआयना करके लौट रहे हैं। उन्हें पुलिसवालों से ही यह समझने को मिलता है कि लॉकडाउन क्या है और इसमें क्या करना है, क्या नहीं। पुलिस की हिदायतों पर अमल करने का आश्वासन देकर वे आगे बढ़ते हैं। उधर पुलिस भी आगे बढ़ जाती है। चपल टोली फिर से सक्रिय हो जाती है।

सत्तर वर्षीय बुजुर्ग बाबा जगप्रसाद तिवारी

"बाबा! सुने हो···अब विकलांग, विधवा व नेत्रहीनों को राशन-पेंशन दोनों एक साथ न मिल सकेंगी!" उसी चपल टोली के एक युवक ने मौज लेने की कोशिश की।

"अच्छा! यह तो ठीक नहीं हुआ। लेकिन बिना पाबंदी के बीमारी को सँभालना मुश्किल है, ऐसा मैंने एक समाचार-पत्र में पढ़ा है।" बाबा ने युवक को जवाब दिया।

"बाबा! लोग शहरों से पलायन कर रहे हैं, यहाँ गाँव में मजलूमों की दशा बहुत खराब है।" उस चपल दल में से एक व्यक्ति थोड़ा गंभीर हुआ।

"जो आएँगे, उनकी समस्या बाद में देखी जाएगी। लेकिन जो लोग गाँव में हमारे साथ वर्षों से रह रहे हैं, अगर हम गाँव के ऐसे लोगों की जिम्मेदारी उठा लें तो समस्या हल हो सकती है।" बाबा ने उन्हें समझाने के स्वर में कहा।

बाबा आगे जारी रहे, "गाँव में डेढ़ सौ परिवार हैं, दस-बीस परिवार तो ऐसे ही पाले जा सकते हैं। मुझे लगता है कि शहरों से आनेवाले भी इससे ज्यादा तो नहीं होंगे!"

"बाबा! बात तो आपकी सही है, लेकिन यह हम कर नहीं सकते। संकट काल में अपना घर देखा जाता है, दुनिया बाद में।" गाँव के ही दूसरे युवा लड़के ने तनिक उचककर कहा।

बाबा जगप्रसाद तिवारी के वहाँ से जाते ही उन युवाओं में से एक ने कहा, "बाबा की बात गलत नहीं है। हम सबको मिलकर प्रवासियों की मदद करनी चाहिए, क्योंकि यह अकेले से होगा नहीं। हालाँकि हमारे सामने सबसे बड़ी दिक्कत यह है कि बाकी लोगों के साथ आने का भरोसा ही नहीं है।"

जगप्रसाद ने घर आकर अपने पोते को पास बुलाया और कहा, "हमें गाँव-गाँव की हर विधवाओं व दिव्यांगों की मदद करनी चाहिए।

अब तुम यह बताओ कि यदि यह काम मुकम्मल करना हो तो कितने रुपए की जरूरत होगी?"

पोते ने अनमने ढंग से कहा, "दादा! आप मदद करेंगे?"

"हाँ, क्यों नहीं! नौजवान अपने बड़े-बूढ़ों को ही तो देखकर सीखते हैं। मेरे पास एक उदाहरण रखने का बेहतर अवसर है। विधवाओं और दिव्यांगों की मदद के लिए मैं कोई-न-कोई रास्ता जरूर खोजूँगा।"

जगप्रसाद का मंथन जारी रहा। मदद करनी है। उदाहरण रखना है। लेकिन संचय के नाम पर जगप्रसाद के पास झुके शरीर को सहारा देनेवाली लाठी व पौनी धोती के अलावा कुछ नहीं है।

वे गाँव में कई लोगों के घर जाते हैं। लोगों की स्थिति अच्छी नहीं है। सरकार की ओर से मिलनेवाली मासिक पेंशन से पेट-पूजा का जुगाड़ करनेवालों के चूल्हों में आँच कम होने लगी है, लेकिन बाबा जगप्रसाद के भीतर व्यथा की आग जल रही है, जैसे चूल्हों की आँच उनके अंतस में स्थानांतरित हो गई हो।

आशुतोष याद करते हैं कि इन गरीबों की हालत देखकर उनका मन व्यथित हो गया है, जिससे उनके मन में सेवा करने का भाव उभरा है और उन्होंने सबको आनेवाले तीसरे घर पर आने का न्योता दिया। इन न्योतों में मदद का आश्वासन भी शामिल है। उन्होंने आते समय मदद का रास्ता निकाल लिया।

"खेतों में फसल खड़ी है। वैसे भी कुछ अनाज खाने के लिए रखने के बाद बाकी बेच ही दिया जाता है। वह आय इन लोगों के काम आ जाएगी। इससे बेहतर और क्या हो सकता है!" पकी बालियों को सहलाते हुए बाबा बुदबुदाए।

प्रतिष्ठित अखबार हिंदी दैनिक 'दैनिक जागरण' ने 15 अप्रैल, 2020 के अंक में खबर प्रकाशित की है—बाबा जगप्रसाद ने अगले दिन चार बीघे गेहूँ को बेच दिया। उससे मिले पैसों के कई बराबर भाग बनाए गए हैं। वे लोग भी आ गए हैं, जिनको मदद का आश्वासन मिला था।

विभिन्न दिव्यांग, विधवा और दृष्टिबाधित जनों को पहचानकर बुला रहे हैं। और सबको थोड़े-थोड़े पैसे दे रहे हैं। बाबा जगप्रसाद द्वारा दिए गए पैसों को पानेवालों की खुशी बता रही है कि उन्हें जो पैसे मिल रहे हैं, वे सिर्फ पैसे ही नहीं हैं, बल्कि वास्तव में बाबा जगप्रसाद द्वारा आज एक नजीर बँट रही है।

गेहूँ बेचने के बाद मिले धन को अभावग्रस्त ग्रामीणों में वितरित करते बाबा जगप्रसाद तिवारी

युवाओं के सामने एक आदर्श के रूप में एक वृद्ध हाथ में लाठी लेकर कमर से 45 अंश का कोण बनाकर झुके हुए हैं। जब वह गरदन उठाकर देखते हैं, सबकी आँखों में आँसू हैं। लोग उनकी तरफ बेहद सम्मान व कृतज्ञता के भाव से देख रहे हैं।

बाबा कह रहे हैं, "यह तो शुरुआत है। किसी को तो यह करना ही था। लेकिन न यह समाधान है और न ही अंत। विपदाएँ आती रही हैं, वे

फिर आएँगी। लेकिन हर बार हम सब मिलकर लड़ेंगे।"

मुझ सहित इस गाँव में खड़े हरेक नागरिक, किशोरों और युवाओं को बाबा जगप्रसाद एक ऐसे नायक के रूप में दिख रहे हैं, जिन्होंने कोरोना महामारी की इस वैश्विक आपदा के समय उपजी व्यथा की आग को अपने परोपकार की भावना और सहयोग से बुझा दिया है। इससे लोगों के जीवन को झकझोर रही तपिश भरी लौ से उन्हें ठंडी आह मिली है। राहत मिली है। इसी के साथ बुजुर्ग जगप्रसाद की छाँववाले इस गाँव में व्यथा की आग पूरी तरह से बुझ चुकी है, जिसका परिलक्षण हम उन बेवाओं के आँचल में भरे अनाज और मुट्ठी में भिंचे बेतरतीब नोटों की लुगदियों के साथ उनके चेहरे की आशान्वित भंगिमाओं को देखकर कर सकते हैं।

सब गाँववाले अपने-अपने घरों को वापस जा रहे हैं। इधर बाबा जगप्रसाद अपने पास बचे कुछ नोटों को सहेजने और न जाने किस चीज का हिसाब ढूँढ़ने में मशगूल हैं। उनका साथ उनका पोता दे रहा है। बाबा के चेहरे पर संतोष के भाव हैं।

दिन भर तपते दिन के बाद अब प्रतीची में भानु अस्त हो रहा है। हल्की पुरवाई के सहारे उसकी आग लोठाती जा रही है।

□

बिल्ला नंबर-16

• अर्चना अरोड़ा

(कुमाऊँ विश्वविद्यालय, नैनीताल से ग्रेजुएट अर्चना अरोड़ा पेशे से शिक्षिका एवं शिक्षक-प्रशिक्षक हैं। इन्होंने अंग्रेजी भाषा में रचित अमेरिकी साहित्य पर एम.फिल. किया है।)

दुनिया ने खुद को कैद कर लिया है, अपने ही घरों में। लोग जूझ रहे हैं एक ऐसे अदृश्य राक्षस के भय से, जिसे विश्व स्वास्थ्य संगठन ने वैश्विक महामारी कहा है। यह वैश्विक महामारी कोविड-19 है, जो दुनिया को नित निगलने के लिए आतुर है। भय के इस माहौल के बरक्स नवाबों की नगरी कही जानेवाली उत्तर प्रदेश की राजधानी लखनऊ के गुलजार नगर मुहल्ले में आषाढ़ की ऐसी फसफसाती गरमी में निज स्वेद की चादर ओढ़े मुजीब सो रहे हैं। मुजीब का पूरा नाम मुजीबुल्लाह अंसारी है, जो छियासी बरस के एक बुजुर्ग हैं। उम्र के इस उतार में भी मुजीब बड़े कमासुत हैं। वे पेशे से कुली हैं। पेशे से क्या वास्तव में मुजीब कहते हैं कि यह उनका पैशन है या वह कभी-कभी कहते हैं कि यह उनकी मर्जी है कि वह एक कुली हैं, जरूरत नहीं। उनके इस पैशन से उनके आसपास के लोग इतने मुतासिर हुए कि मुजीब को लोगों ने झउवा

भर प्यार लुटाया और इन्हें सम्मानित नजरों से देखते हुए, लोगों ने इन्हें प्यार से 'कुली बाबा' कहकर पुकारना शुरू कर दिया। उम्र के उत्तरार्ध में कुली बाबा की ढील-ढाल हो चुकी भुजाओं के भीतर शुष्क हो चुके रक्त में अभी भी इतनी गरमी है कि उनके बाएँ बाजू पर बँधा कुली का बैज उनकी मेहनत के तेज से ऐसे चमचमा रहा है कि मानो पारस के पत्थर पर धूप खिली हो। उनके बाजू पर यह चमचमाता बैज है, उनका पुश्तैनी बिल्ला नंबर-16।

दिन का चौथा पहर बीत रहा है। सूरज सिर पर है। इसके तेवर प्रचंड होते जा रहे हैं। जीवों में छटपटाहट है। मानव जीवों में इन दिनों छटपटाहट सूरज की प्रचंडता से अधिक कोरोना महामारी के दानव की वीभत्स ललकार के कारण अधिक है। ऐसे में डरे-सहमे और बेबस मानव के पास खुद को होम आइसोलेशन की जंजीरों में जकड़ने के अलावा कोई रास्ता भी नहीं है। यही कारण है कि वे चहकती गलियाँ, वे महकते शहर आज सब शांत हैं कि मानो सब-के-सब कहीं खो-से गए हैं।

लखनऊ के ऐशबाग की गुलजार नगर की गलियों का भी तो आजकल यही हाल है। मैं जब वहाँ पहुँची, तो मुझे बस इक्का-दुक्का लोग ही दिखाई दिए। कोरोनारूपी दानव ने ऐसी दहशत मचाई है कि दुनिया मुसकराना ही भूल गई है।

खैर, मैंने अब अपने चेहरे पर शून्य-भाव लेकर आगे बढ़ना शुरू किया। गुलजार नगर की एक फिलहाल बंद पड़ी पान की दुकान पर टेक लगाए सिगरेट फूँक रहे एक व्यक्ति से मैंने पूछा, "मुजीबुल्लाहजी का घर कहाँ है?"

अधिक प्रतिक्रियात्मक न जान पड़ रहा वह व्यक्ति एकटक मुझे देखने के बाद मेरी आँखों-में-आँखें डालकर लखनवी रौध में अहसान भरे लफ्जों में बोला, "कुली बाबा का घर?"

मैंने फौरन ही हाँ में सिर हिलाते हुए कहा, "हाँ-हाँ, उन्हीं का घर। ...आप जानते हैं?"

उस व्यक्ति ने ज्यादा बोलने की जहमत न उठाते हुए इशारे में ही मुझे कुली बाबा के घर का रास्ता दिखा दिया। मेरे मन के पंछी को जैसे पंख मिल गए थे उड़ने को।

कुछ ही दूर चलने पर मैं कुली बाबा के दरवाजे पर खड़ी थी। उनके घर का दरवाजा एकदम फाटक जैसा खुला है। माहौल देखकर समझ में आ रहा है कि जैसे भक्तों के लिए मंदिर के पट हरदम खुले रहते हैं, ठीक वैसे ही बाबा का घर भी उनके आगंतुकों के लिए दिनभर खुला ही रहता है।

उनके घर के भीतर प्रवेश करने पर मालूम होता है कि यहाँ शांतिपूर्ण सभ्यता का जैसे कोई संगीत गूँज रहा है। मेरे मन में अनायास श्रद्धा की लहरें उठ रही हैं। मन में कुछ-कुछ ऐसी हिलोरें उठा-पटक कर रही हैं, जैसे वह अपने इष्टदेव के चरण छूने को आतुर हों।

घर के भीतर से एक आवाज आई, "आइए...आइए, आराम से बैठ जाइए।"

अगले ही पल मेरे सामने एक चालीस बरस की अधेड़ महिला आ खड़ी हुईं। मेरे मन में जो फौरन सवाल उठा, उसे पूछने पर मुझे सामने से प्रतिउत्तर मिला, "मैं नजमा। कुली बाबा की बेटी हूँ।"

उनके उत्तर के साथ तुरंत एक प्रश्न उठकर मुझसे बोला, "...और आप?"

मैंने भी नजमा को अपना परिचय देते हुए कुली बाबा से मिलने की इच्छा जताई। नजमा ने भीतर किसी को आवाज दी। लंबे कद के उस युवक ने मुझे देखते ही कहा, "अरे आप! घर ढूँढ़ने में कोई परेशानी तो नहीं हुई आपको?"

मैंने उत्तर दिया, "नहीं।"

वे बिना किसी औपचारिकता के मुझे कुली बाबा के बारे में बताने लगे। उनके शब्दों ने मुझे जकड़ लिया था। मैं भी इस बंधन से छूटना नहीं चाहती थी। मुजीबुल्लाह का जीवन-सार जैसे मेरे लिए गीता-सार

का कोई अंश हो। यह शख्स, जो मुझे कुली बाबा के बारे में बताना शुरू कर चुके हैं, नजमा के शौहर और मुजीबुल्लाह के दामाद जाकिर हुसैन हैं, जिनसे फोन पर बात करके ही मैंने समझ लिया था कि इस परिवार में संस्कार ने अपना घरौंदा बना लिया है। इस मंदिर का पता भी मुझे इन्हीं से मिला था, जहाँ कुली बाबा रहते हैं।

लखनऊ के ऐशबाग इलाके के गुलजार नगर स्थित अपने घर पर बेटी नजमा अंसारी के साथ खाने की मेज पर बैठे बतियाते कुली बाबा

हम बातों के रास्ते पर अभी चंद कदम ही चले थे कि एक बच्चा दौड़ता हुआ आया, मानो जैसे वह अपनी बारी का इंतजार कर रहा हो और मुझे कुली बाबा तक ले चलने को तैयार खड़ा हो। मेरा मन भी अब एक मिनट रुकने को तैयार नहीं था कि मैं कुली बाबा के दीदार के लिए पल भर भी रुक पाती। मैं उस बच्चे के साथ भीतर कुली बाबा के कमरे की ओर बढ़ी।

यह लगभग दस बाई दस का एक छोटा सा कमरा है, आजादी के बाद से लेकर अब तक की कई दिलचस्प दास्तानों से भरा पड़ा है। दीवार

पर टँगी कुछ तसवीरें बता रही हैं कि कुली बाबा कुछ पूर्व प्रधानमंत्रियों की सेवा भी कर चुके हैं। सामने एक कोने पर रखी छोटी सी घड़ी कह रही है कि समय तो मैं बदल रही हूँ, पर कुली बाबा का समय न बदल पाई। ये सालों बाद आज भी वही हैं। पर इस बात का उन्हें कोई मलाल भी नहीं। उनका जीवन भौतिक दुनिया की आसक्तियों से परे किसी संत की तरह है। उन्हें बाजार की इश्तेहारी बत्तियोंवाली चकाचौंध के बारे में कुछ नहीं मालूम। कुली बाबा के कमरे में कई ऐसी चीजें देखने को हैं, जो इनके सादगी भरे अनासक्त जीवन का प्रमाण देती हैं।

बाबा के कमरे में एक छोटी सी चारपाई या खटिया है, जो दिन भर दूसरों का बोझ उठानेवाले का बोझ लिये धन्य महसूस कर रही है। कुली बाबा अपनी इसी चारपाई पर बाहर के दुनियावी हाहाकार से विरक्त सुकून के तकिए पर सिर रखकर पसीने की चादर ओढ़े सो रहे हैं। हल्की आहट पाकर जब वे उठे, तो उनके चेहरे पर जिज्ञासाएँ तमाम हैं। बिना मेरे कुछ भी बोले, उन्होंने सबसे पहले तो अपना हाथ मेरी ओर आशीर्वाद की मुद्रा में उठाया। इसके बाद उनमें अचानक से तेजी देखने को मिली और उन्होंने मुझसे पूछा, "आप कौन हो, बेटा?"

मेरा अपना परिचय देने के साथ ही कुली बाबा में स्वयं ही बातों को इतनी तेजी से आगे बढ़ाया कि मुझे ऐसा लगा कि मानो कुली बाबा मुझे बरसों से जानते हों। मुझसे बातें करते-करते उनमें भी ताजगी आ गई थी।

नवाबों के इस शहर के पाँच दरीबे मोहल्ले में जनमे मुजीबुल्लाह ने अपने बारे में जो सबसे पहले बात कही, वह यह कि "मैं सिविल डिफेंस के सेक्टर वॉर्डन के पद पर रहा और पूर्व प्रधानमंत्री पं. जवाहरलाल नेहरू के कार्यकाल में जमकर देश की सेवा की।"

सेवाभाव…। महात्मा गांधी के श्रेष्ठ दर्शनों में से एक सेवाभाव का दर्शन महान् है। कुली बाबा की महानता का कारण भी यही महात्मा गांधी का महान् सेवाभाव का दर्शन है। मुजीबुल्लाह के कुली बन जाने और छियासी वर्ष की अवस्था तक उसे निभाते जाने के पीछे का भी ध्येय

अथवा दिलचस्प कहानी यही सेवाभाव का दर्शन है। कुली बाबा ने 'सेवा परमो धर्मः' की दर्शन-नीति को अपने जीवन में अमल में लाकर उसे सदा के लिए धारण कर लिया है।

चलिए, आपको उनकी इस अवधारणा के आदि में लेकर चलती हूँ। दरअसल, अपने पिता बिफई की मृत्यु के बाद साल 1970 में मुजीबुल्लाह ने सिविल डिफेंस के सेक्टर वॉर्डन पद पर रहते हुए महज सेवाकार्य के लिए फौरी तौर पर अपने पिता का काम धारण लिया। उन्हें कुली का काम जमा, क्योंकि इसमें सीधे सेवा है। मुजीब के कुली बन जाने पर इन्हें जो कुली नंबर मिला, वह था इनके ही पिता का बिल्ला नंबर-16।

इस तरह, मुजीबुल्लाह को बिल्ला नंबर सोलह उनके पिता बिफई की विरासत में मिला। इस दौरान मुजीब को सबने मना किया कि तुम ऑफिसर हो। यह क्या कर रहे हो!"

लखनऊ के ऐशबाग के गुलजार नगर टोला स्थित अपने घर के बाहर लगे पौधों में पानी डालते कुली बाबा मुजीबुल्लाह अंसारी

हमारे लिए चाय आ गई है, लेकिन मैंने कुली बाबा के चेहरे से नजरें न हटाईं। उनकी बातों में बड़ी गहराई है, जिसमें कोई भी डूबता चला जाए। वे साफ कहते हैं, "पैसा अपनी जगह होता है। एक मनुष्य होकर दूसरे मनुष्य की सेवा में उनका बोझ कम करने में जो आनंद है, वह ऑफिसर की कुरसी पर बैठने में नहीं।"

कुली बाबा समतामूलक समाज न बन पाने के प्रति चिंतित दिखे। उन्होंने कहा, "लोगों ने बाबरी मसजिद गिराई, मैंने वह देखा। इंदिरा गांधी की हत्या की गई, वह भी देखा। ऐसे ही जीवन में मैंने बहुत कुछ देखा। मुझे याद है, जब कितने ही सिखों को मारा जा रहा था। अपनी जान लगा दी थी हमने, उस समय इनसानों को इनसान के रूप में उन खूनी दरिंदे भेड़ियों से बचाने में।

आज कोरोना दानव ने दुनिया को बता दिया कि इनसान की कोई जात नहीं होती। इसने हैवानियत की जिंदगी जीने के आदी बन चुके इनसानों को उनकी इनसानियत याद दिला दी। इस अदृश्य दैत्य ने जाति, धर्म, नस्ल और अनेकानेक फिरकों में बँटे इनसान के भ्रम को तोड़ डाला है और बता दिया है कि इनसानियत भरा प्रकृतिजन्य जीवन ही श्रेष्ठ है। आज हम सभी देख रहे हैं कि दुनिया के सभी लोग अपने-अपने अस्तित्व को बचाने का रास्ता ढूँढ़ रहे हैं। धन-दौलत, साधन-संपन्नता और संपत्तियाँ सब धरी-की-धरी पड़ी हैं। जीवन के अस्तित्व के सवाल पर इनकी कोई उपादेयता नहीं है।

"हर किसी को मरना है। शरीर नश्वर है। न कोई कुछ लेकर आया है, न कोई कुछ लेकर जा पाएगा। इसलिए पर-सेवा करो, जितनी कर सकते हो। ऊपरवाले की नजर सब पर है। अगर उससे डर है तो फिर किसी से डर नहीं। राम नाम सत्य है, यही सबकी गत है।" कुली बाबा अपनी खाट के करीब सिमट आए। हर किसी की ओर इशारा करते हुए समझाया।

मैं स्तब्ध थी उनकी बातें सुनकर। मेरे सामने कोई साधारण मूरत नहीं थी। अगर इस दुनिया के मंदिर में ऐसी कुछ मूर्तियाँ स्थापित हो जातीं, तो आज यह दुनियावी मंदिर एक मंदिर ही बना रहता। यह कब्रिस्तान की शक्ल न अख्तियार करने लगता।

एक उच्च पद का त्याग कर सादगी भरे जीवन को अपनाना और लोगों का बोझ उठाकर उनके दर्द को कम करना ही एकमात्र धर्म है मुजीबुल्लाह का। वे जीवन भर मदर टेरेसा के पदचिह्नों पर न केवल खुद चले, बल्कि दुनिया को भी उन्होंने इसकी राह दिखाई है। उनके इन्हीं प्रयासों के लिए उन्हें हाल ही में मदर टेरेसा फाउंडेशन ने सम्मानित किया है।

अब जब कोरोना वायरस से संक्रमितों की बढ़ती तेज़ रफ्तार से चलती-फिरती दुनिया के कदम रुके, तो भारत में इसका सबसे बड़ा असर रेलवे में दिखा। रेल की पटरियाँ सुनसान हो गईं। रेलगाड़ियों के चक्के जाम हो गए। रेलवे स्टेशनों में सन्नाटा छा गया है।

रेलगाड़ियाँ बंद होने से लोगों की यात्राएँ बंद हो गईं और लोगों की यात्राएँ बंद होने से कुली बाबा का काम रुक गया। अब वे लखनऊ के चारबाग रेलवे स्टेशन पर नहीं जाते हैं, जब तक कि रेलगाड़ियाँ फिर से पटरी पर नहीं दौड़ने लगतीं और उनमें सवारियाँ सफर नहीं करने लगतीं।

वैश्विक महामारी कोरोना के कारण देश भर में हुए लॉकडाउन के कारण वैसे तो सभी ट्रेनें रोक दी गई हैं, लेकिन अभी दो दिनों से सरकार ने कुछ श्रमिक ट्रेनों को चलाने का फरमान सुनाया है, जिसमें दूसरे प्रांतों में रह रहे प्रवासी श्रमिकों, मजदूरों और कामगारों को ये स्पेशल ट्रेनें उनके घर पहुँचाने का काम कर रही हैं।

श्रमिक ट्रेनों का परिचालन शुरू होते ही अब मुजीबुल्लाह अंसारी फिर से अपनी बाईं भुजा पर बिल्ला नंबर सोलह का बैज बाँधकर चारबाग रेलवे स्टेशन पर नजर आ रहे हैं। महामारी के इस दौर में भी

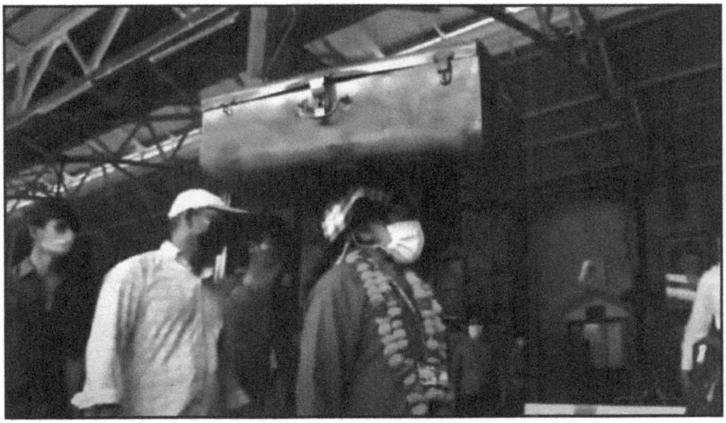

लखनऊ के चारबाग रेलवे स्टेशन में अपने सिर पर
एक यात्री का बोझा ढोते बिल्ला नंबर-16 के कुली मुजीबुल्लाह अंसारी

वे छियासी साल की उम्र में बतौर कुली श्रमिकों का सामान ट्रेन से उतारकर यात्रियों द्वारा बताई गई जगह तक पहुँचाने का काम करने लगे हैं। इस बार उनका मकसद बोझ उठाकर पैसे कमाना नहीं, बल्कि भूख, प्यास और थकान के बोझ से दबे यात्रियों की मदद करना है। पानी, केले और खाने के पैकेट्स बाँटते मुजीबुल्लाह का उत्साह रोजाना देखते ही बनता है।

मौसम में आज थोड़ी नमी है। गरमी से झुलस रहे लोगों के माथे पर पसीने की बूँदों में थोड़ी कमी है। मई का महीना खत्म होने में अभी पूरे दो दिन बाकी हैं। चारबाग रेलवे स्टेशन पर आज थोड़ी चहल-पहल दिख रही है। सबसे ज्यादा भीड़ प्लेटफॉर्म नंबर दो पर है। यहाँ प्लेटफॉर्म नंबर दो पर गुजरात के नवसारी से चली श्रमिक स्पेशल ट्रेन थोड़ी ही देर में आनेवाली है। बिल्ला नंबर-16 वाले कुली बाबा, यानी कि मुजीबुल्लाह भी इस समय प्लेटफॉर्म नंबर दो पर ही मँडरा रहे हैं। कुछ ही देर में देखते-ही-देखते गुजरात के नवसारी से आई श्रमिक स्पेशल ट्रेन के रुकते ही मुजीबुल्लाह दौड़ पड़ते हैं। ट्रॉली से केले उठाकर ट्रेन

में बैठे बच्चों, महिलाओं और जरूरतमंदों को केले देते हुए उनकी तेजी देखते ही बनती है।

इसी बीच उनकी लाल वरदी और उस पर लगे बिल्ला नंबर-16 को देख बहराइच के विश्वजीत रुक जाते हैं। उनके साथ वृद्ध पत्नी, बेटी और छोटे बच्चों समेत ढेर सारा सामान है। परेशान विश्वजीत को देख मुजीबुल्लाह अंसारी बोल पड़ते हैं, "क्या मैं आपकी मदद कर दूँ?"

विश्वजीत की दुविधा उत्तर के बदले सवाल बनकर उभरती है, "पैसे क्या लेंगे?"

मुजीबुल्लाह विश्वजीत के सवाल पर ठहर जाते हैं और फिर हल्की मुसकान के साथ विश्वजीत से कहते हैं, "मियाँ, ऊपरवाले को मुँह दिखाना है। यदि आपसे अभी इस बोझ का पैसा ले लिया, तो वह कभी मुआफ नहीं करेगा।" इतना कहते ही मुजीबुल्लाह विश्वजीत का करीब साठ-पैंसठ किलो का बैग उठाकर चल देते हैं।

मुजीबुल्लाह करीब पचास सालों से चारबाग रेलवे स्टेशन पर यात्रियों की सेवा कर रहे हैं। विश्वजीत और कुली बाबा का यह किस्सा अगले रोज हिंदी दैनिक समाचार-पत्र 'दैनिक जागरण' में प्रकाशित भी हुआ। कोरोना के इस दौर में मुजीबुल्लाह के कंधे अब मजबूर मजदूरों का सहारा बन रहे हैं। लखनऊ आनेवाले प्रवासियों को रेलवे के स्टॉल से केले व खाना उठाकर खुद ही बोगियों तक पहुँचाना और जरूरत पड़े तो यात्रियों का भारी-भरकम सामान उठाकर उनके दर्द को हल्का करना, यही इन दिनों मुजीबुल्लाह की दिनचर्या है। कोरोना महामारी के दौरान राष्ट्र को समर्पित उनकी इस सद्भावना और सेवा के लिए भारतीय राष्ट्रीय कांग्रेस पार्टी की राष्ट्रीय महासचिव प्रियंका गांधी वाड्रा ने इन्हें एक मान-पत्र लिखकर अपनी सलामी भेजी है।

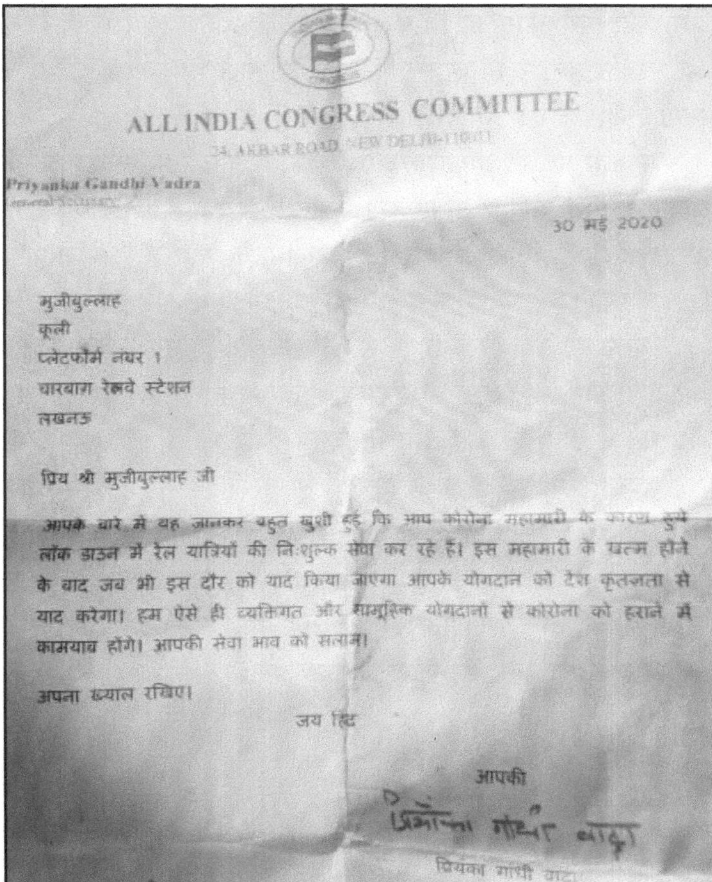

ALL INDIA CONGRESS COMMITTEE

24, AKBAR ROAD, NEW DELHI-110011

Priyanka Gandhi Vadra

General Secretary

30 मई 2020

मुजीबुल्लाह

कूली

प्लेटफॉर्म नंबर 1

चारबाग रेलवे स्टेशन

लखनऊ

प्रिय श्री मुजीबुल्लाह जी

आपके बारे में यह जानकर बहुत खुशी हुई कि आप कोरोना महामारी के कारण हुये लॉक डाउन में रेल यात्रियों की निःशुल्क सेवा कर रहे हैं। इस महामारी के खत्म होने के बाद जब भी इस दौर को याद किया जाएगा आपके योगदान को देश कृतज्ञता से याद करेगा। हम ऐसे ही व्यक्तिगत और सामूहिक योगदानों से कोरोना को हराने में कामयाब होंगे। आपकी सेवा भाव को सलाम।

अपना ख्याल रखिए।

जय हिंद

आपकी

प्रियंका गांधी वाड्रा

प्रियंका गांधी वाड्रा

30 मई, 2020 को भारतीय राष्ट्रीय कांग्रेस पार्टी की राष्ट्रीय महासचिव प्रियंका गांधी वाड्रा द्वारा भेजा गया वह पत्र, जिसमें उन्होंने मुजीबुल्लाह अंसारी के सेवाभाव की प्रशंसा की है

मुजीब किसी भी मजदूर को देखते हैं तो उनसे रहा नहीं जाता। वे कहते हैं, "मोहब्बत से बढ़कर कोई ईमान नहीं। सेवा से बढ़कर कोई धर्म नहीं।"

"सबसे बड़ी नियामत पानी है। एक प्यासे को पानी पिला देने से

बड़ा कोई परोपकार नहीं।" जैसे मुजीब के हरेक विचार बड़े मजबूत और उनके द्वारा स्वयं अमल में लाए जानेवाले हैं, जिनसे दुनिया को सीख लेनी चाहिए।

रात हो गई है। आकाश के एक कोने में कुछ तारे टिमटिमा रहे हैं, बाकी का पूरा आकाश एक जैसा सपाट दिख रहा है। झुंड में जो तारे दिखाई दे रहे हैं, वे निर्वासित नहीं हैं। कुली बाबा कहते हैं, "ऑल पीपल लिव अंडर दि वन स्काई इन वन हाउस विदआउट एनी डिस्क्रिमिनेशन।"

थोड़ा सा रुककर और फिर हलके से खाँसते हुए मुजीब फिर से बोलते हैं और कहते हैं, "समय-समय सुंदर सभी, रूप-कुरूप न कोय, जैसे मन में छवि बने, वह छवि वैसी होय।"

वास्तव में, कुली बाबा अपने तन से जितने मजबूत हैं, उनका मन उतना ही विशाल है। उनके मुँह से निकलती फर्राटेदार अंग्रेजी और मानस की धाराप्रवाह चौपाइयाँ सामनेवाले को अपनी ओर आकर्षित करती हैं। यह उनकी महानता है। वे बेजोड़ बौद्धिक हैं। उन्हें पहली नजर में जिसने केवल कुली भर जाना तो क्या जाना!

□

आर्तनाद में सिंफनी

• अमन तिवारी

(अमन तिवारी उत्तर प्रदेश के जनपद फतेहपुर के प्रशासनिक मामलों के जानकार तथा पेशेवर पत्रकार हैं। बतौर पत्रकार अमन का विकास पत्रकारिता में भी बेहतर हस्तक्षेप है।)

हवाओं में तपन है। शिरीष के फूलों की उत्तुंगता देखते ही बन रही है। गुलमोहर के फूलों में गुदगुदी हो रही है। इन्होंने अपना चरम सुख पा लिया है। बैशाख का उत्तरार्ध चल रहा है। खलिहानों से बैशाखी की तैयारियों की गूँज उठ रही है। मगर इससे पहले कि हमें बैशाखी की तैयारियों की गूँज स्पष्ट सुनाई पड़ती, हमारे कानों में पड़नेवाली आर्तनाद की गूँज ने हमें भीतर तक विचलित कर दिया है।

देश और दुनिया की तरह उत्तर प्रदेश का दोआबा क्षेत्र भी वैश्विक महामारी कोविड-19 के प्रभाव में है। हालाँकि जनपद फतेहपुर के जिलाधिकारी संजीव सिंह की विधिवत् तैयारियों और यहाँ की जनता के सहयोग की बदौलत यह जनपद फिलहाल अभी तक कोरोना वायरस के कुप्रभाव से दूर है। यह ग्रीनजोन वाला सुरक्षित जिला है, जहाँ अभी तक कोरोना वायरस का एक भी संक्रमित मामला नहीं है। यहाँ की सभी

प्रशासनिक गतिविधियाँ जनानुकूल चल रही हैं। जनता भी अपने आला अधिकारियों खासकर जिलाधिकारी के कंधे-से-कंधा मिलाकर चल रही है। लेकिन अचानक यहाँ की जनता को एक ऐसा आर्तनाद सुनाई पड़ता है, जिसने सभी को हृदय के भीतरी कोने तक प्रभावित कर दिया है, दया से भर दिया है।

जनपद की सदर तहसील के असोथर ब्लॉक के सहबसी (सैबसी) गाँव से उठनेवाले इस आर्तनाद का प्रसारण मौजूदा सभी सोशल मीडिया प्लेटफॉर्म्स पर तेजी से होने लगा। हजारों-हजार लोगों ने इसे देखा, सुना और जमकर साझा किया।

हर रोज की तरह आज भी मैं अपने दफ्तर में हूँ। यह 30 अप्रैल, 2020 की शाम है। एक साथ कई व्हाट्सएप ग्रुप्स में और सीधे मेरे कुछ मित्रों द्वारा मुझे व्हाट्सएप पर जो संदेश मिले हैं, वे प्रथम दृष्टया मन को विचलित कर देनेवाले हैं। बहुत विचलित…

"आपसे निवेदन है कि सोशल मीडिया पर एक पिक वायरल हो रही है, जिसमें बताया जा रहा है कि इस बूढ़ी माँ की हालत दयनीय है। महोदय, अगर यह सत्य है और आपके जनपद फतेहपुर से संबंधित है तो मेरा आपसे विनम्र निवेदन है कि आप इनकी मदद करें।"

उक्त संदेश के साथ छियासी साल की भगवती दादी की कुल सात तसवीरें हैं। पहली ही तसवीर मन को इतना विचलित कर रही है कि मानो यह तसवीर दोआबा क्षेत्र फतेहपुर के सहबसी गाँव की नहीं, बल्कि ओडिशा के कालाहांडी या फिर सुडान के किसी सुदूर गाँव की हो, जहाँ की भुखमरी से जूझ रहे कंकाल सदृश कुपोषित मानव की तसवीरों ने दुनिया में अपनी नकारात्मक विशिष्ट छवि बना डाली थी। इस तसवीर में भी सहबसी की भगवती दादी प्रथम दृष्टया भुखमरी के जीते-जागते निशान सदृश दिख रही हैं। तसवीर में वृद्धा भगवती दादी के शरीर के ऊपरी हिस्से में वस्त्र ही नहीं है। उनका पेट पीठ से मिला जान पड़ रहा है। रीढ़ और पेट की पसलियाँ आपस में गुंफन कर रही हैं। कुल मिलाकर

उनके शरीर में केवल हाड़-ही-हाड़ नजर आ रहा है। किसी गिरे हुए कच्चे मकानवाले बैकग्राउंड में बैठीं भगवती दादी को देखकर अरावली सरीखी मृत पड़ी किसी पहाड़ी के कलेजे में भी पसीना आ जाए।

बहरहाल, व्हाट्सएप पर यह संदेश पढ़ने के घंटे भर बाद जब मैंने अपना फेसबुक पेज सर्फ किया, तो वैसा ही संदेश मुझे फेसबुक पर भी देखने को मिला। इसमें लिखा है—

"ये माताजी सैबसी गाँव (मुत्तौर के पास) फतेहपुर, उत्तर प्रदेश की हैं, जो कि बहुत बूढ़ी हैं और इनका एक लड़का है और वह विकलांग है। गरमी की भयंकर धूप में उनके घर में किसी प्रकार की छाया का प्रबंध भी नहीं है। खाने-पीने की समस्या रहती है। जो भी फतेहपुर के समाज-सेवी और सामाजिक संगठन तथा मेरे फेसबुक पर मित्र हैं, कृपया आप सभी से मेरा हाथ जोड़कर (हाथ जोड़नेवाले तीन इमोजी) निवेदन है कि इन माताजी की मदद करें, मैं सदैव आपका आभारी रहूँगा"

फेसबुक पर यह पोस्ट मूल रूप से विवेक सिंह भदौरिया (विक्की) नाम के एक युवक के फेसबुक अकाउंट से 30 अप्रैल, 2020 को पोस्ट की गई है। इस पोस्ट पर अब तक (यह रिपोर्ट लिखे जाने तक) 46,000 से अधिक लाइक्स आ चुके हैं। 36,000 से अधिक लोगों ने इसे साझा किया और 13,000 से अधिक लोगों ने इस पोस्ट पर अपनी प्रतिक्रियाएँ दी हैं।

इसमें कोई दोराय नहीं है कि सोशल मीडिया टूल्स के माध्यम से यह संदेश जितनी तेजी से वायरल हो रहा है और लोगों की इस संदर्भ में जैसी प्रतिक्रियाएँ देखने को मिल रही हैं, उससे तो यह लग रहा है कि सहबसी की भगवती दादी की स्थिति ने लोगों में करुणा भर दी है। आज का हमारा समाज इतना संवेदनशील है, यह महसूस करके कल के भारत की और आगामी सभ्यता की सुनहरी आहट को लेकर मुझे बहुत ही आशा हो रही है। हर कोई कहीं-न-कहीं सहबसी की इस वृद्धा की स्थिति को पलक झपकते ही बदल जाते देखना चाहता है, जैसा कि 'जय माँ संतोषी' फिल्म में होता है। पलक झपकते ही रसोई में अनेक व्यंजन

तैयार। लेकिन सहबसी की इन भगवती दादी के आर्तनाद को हकीकत में सिंफनी के सुर में भला बदले तो कौन बदले?

ईश्वर की बनाई इस दुनिया में जहाँ आर्तनाद है, तो वहीं कुछ साधक सिंफनी के उच्च सुरों को भी सिद्ध करते हैं। मुझे भरोसा है कि इन भगवती दादी की स्थिति के कारण फतेहपुर से उठे आर्तनाद को पाटने कोई सिंफनी जरूर पैदा करेगा और कहते हैं न! भगवान् के घर देर है, अंधेर नहीं।

यद्यपि हमें फिलहाल अभी भगवती दादी का न कोई नाते-रिश्तेदार दिखाई पड़ रहा है, जो उनके बारे में तनिक यह भी तो मालूम चलने दे कि आखिर भगवती दादी का सच में इस दुनिया में कोई है भी या नहीं! ऐसा कोई जनप्रतिनिधि भी अभी तक सामने नहीं आया है, जो इनका हाल-खबर लेकर अपनी झक्क कुरते में सदाशय प्रदर्शित करती हुई तसवीरें ही इस सोशल मीडिया के युग में प्रसारित कर दे। लब्बोलुआब यह कि भगवती दादी की सुध लेनेवाला कम-से-कम अभी तक तो कोई रहबर उन्हें नहीं मिला, जबकि उनकी पीड़ा उम्र के इस उतार पर कठोर पाषाण जैसी होती जा रही है।

हो गई है पीर पर्वत-सी अब पिघलनी चाहिए,
इस हिमालय से कोई गंगा निकलनी चाहिए!
मेरे सीने में न सही, तो तेरे सीने में सही,
हो कहीं भी आग, लेकिन आग जलनी चाहिए!!

ओह! मुझे भरोसा है, दुष्यंत कुमार की ये पंक्तियाँ भगवती दादी के लिए इस वक्त किसी-न-किसी के कलेजे में वह आग बनकर जरूर धधक रही होंगी।

शाम गहरा गई है। ऑफिस का काम खत्म करने की आज मुझे जल्दी है। लिहाजा रात के आठ बजे से ही मैं अपना पूरा काम खत्म करके जिलाधिकारी के बँगले पर पहुँचा। मुझे देखते ही वे बोले, "अरे अमन! आओ···आओ!!"

डी.एम. संजीव सिंह का यह संबोधन सुनकर और उनके हाव-भाव देखकर ऐसा लग रहा है कि मानो वह मेरा इंतजार ही कर रहे थे। आज उनके माथे पर थोड़ी शिकन और चेहरे पर तनाव की स्वेद-बूँदें हैं। ऐसा मैं उनके चेहरे पर पहली बार देख रहा हूँ।

थोड़ा सा गरम पानी और फिर हॉट डार्क कॉफी पीते-पीते ही उन्होंने असोथर ब्लॉक के सहबसी गाँव की भगवती दादी की तमाम चिंताओं को मुझसे साझा किया और अंततः बड़ी जिम्मेदारी और कर्तव्यपरायणता के साथ उन्होंने निश्चय भाव से मुझे यह कहा, "सहबसीवाली दादी का विशेष ध्यान रखना है, अमन! किसी भी सभ्य समाज में बुजुर्गों के ऐसे हालात ठीक नहीं। मैंने उन्हें सदर अस्पताल में विशेष देखरेख के साथ रखवाने के लिए बोल दिया है। डॉक्टर्स ने भी संजीदगी के साथ इसे पर्सनल टेकल किया है। देखो, क्या तकलीफ है उन्हें...तुम भी लगे रहना। कोरोना से भी बचकर रहना।"

लॉकडाउन के बीच शहर में सन्नाटा है। सदर अस्पताल में अपेक्षाकृत थोड़ी चहल-पहल है। भगवती दादी के बारे में पता मिलते ही चौबीस घंटों के भीतर उनको जिला अस्पताल के जनरल वार्ड में एडमिट किया गया है। जिलाधिकारी के निर्देश पर मुख्य चिकित्सा अधीक्षक (सी.एम.एस.) डॉ. प्रभाकर ने सबसे उम्दा और अनुभवी चिकित्सकों की टीम को भगवती दादी के उपचार के लिए लगा दिया है। भगवती दादी के इलाज के लिए फिजीशियन डॉ. एन.के. सक्सेना, फिजीशियन डॉ. आर.एम. गुप्ता और हृदय रोग विशेषज्ञ डॉ. राजीव तिवारी की टीम पूरे 28 दिनों तक लगातार उनका उपचार करती रही।

उपचार के पहले ही दिन चिकित्सकों ने पाया था कि वास्तव में, जिन भगवती दादी की तसवीर अर्धनग्नावस्था में सोशल मीडिया में वायरल हुई है, उन्हें भुखमरी की समस्या नहीं और न ही उन्हें जिला प्रशासन द्वारा इस वैश्विक महामारी में राशन आदि की कोई दिक्कत रही, बल्कि भगवती दादी को 'डिमेंशिया' नाम की एक बीमारी है, जिसमें

किसी व्यक्ति को भूलने, पहचानने या याद रखने आदि की समस्याएँ होती हैं। हाँ, उनकी देखरेख सही ढंग से न किए जाने के कारण उनके शरीर का वजन और खून में कमी मापी गई है। इस कारण ही भगवती दादी का शरीर डिमेंशिया की हालत में लुंज-पुंज है। उनके शरीर में थोड़ी भी ताकत मालूम नहीं होती है।

इन सब तमाम दिक्कतों के मद्देनजर ही भगवती दादी का इलाज जिला अस्पताल में चल रहा है। इस दौरान मैंने कई बार देखा कि डी.एम. संजीव सिंह अकसर इस वैश्विक आपदा के प्रबंधन में अपनी व्यस्त दिनचर्या में से समय निकालकर बीच-बीच में अस्पताल जाकर भगवती दादी का हाल लेते रहे। बतौर पत्रकार मुझे यह जानने की जिज्ञासा हुई कि एक गाँव की साधारण बुजुर्ग महिला की देखभाल को लेकर आखिर जिलाधिकारी व्यक्तिगत रूप से इतने परेशान क्यों हैं! हर रोज चिकित्सकों से उनका फीडबैक लेना, अस्पताल जाकर भी उन्हें

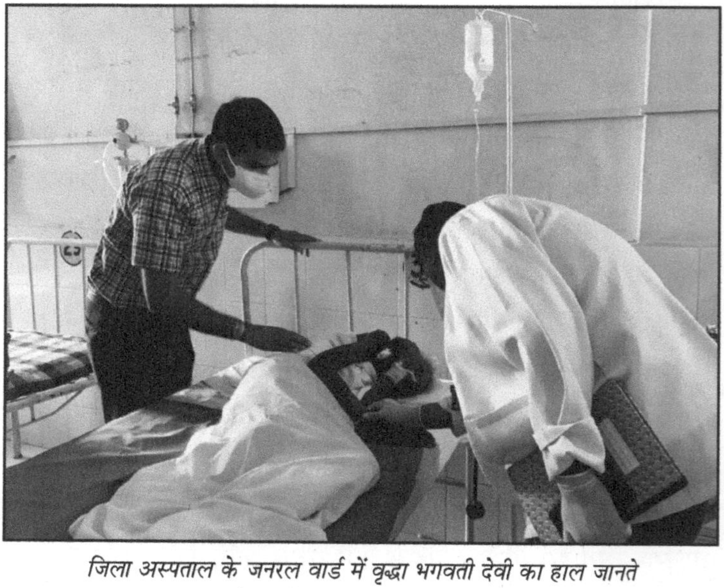

जिला अस्पताल के जनरल वार्ड में वृद्धा भगवती देवी का हाल जानते फतेहपुर के जिलाधिकारी संजीव सिंह

देखना, भगवती दादी को कभी माताजी, तो कभी दादी कहकर पुकारना और उनके खानपान का खयाल रखना आदि···महामारी से निबटने की चिंताओं और व्यस्तताओं के बरक्स ऐसा क्यों?

ऐसे ही एक रोज मैं जिलाधिकारी संजीवजी से बरबस ही पूछ बैठा, "ऐसी कौन सी बात है, जो आपको इनकी विशेष तरीके से देखरेख करने को प्रेरित कर रही है? आप क्यों इतने जी-जान से इन छियासी साल की वृद्धा की सेवा में लगे हुए हैं? यद्यपि ऐसा करना कोई अतिशयोक्ति नहीं, फिर भी पूछ रहा हूँ?"

मेरे इस सवाल के पूछते जाने पर संजीवजी बड़ी निश्छलता से टकटकी लगाकर मुझे निहार रहे हैं। मेरा सवाल खत्म हुआ, लेकिन उनकी निगाह अभी भी मेरे मुखारविंद पर टिकी हुई है। मुझे मालूम है कि वे देख तो मेरी ओर रहे हैं, लेकिन शायद विचारों के किसी रसातल में खो गए हैं। अगले पल संजीवजी ने अपनी साँसों को भीतर गहराई तक स्पर्श किया और फिर पलकों का मौन तोड़ते हुए मुझसे बोले, "मुझे अच्छी तरह से याद है, अमन! मैं यही कोई तकरीबन आठ साल का रहा होऊँगा। हम जालौन के चंदुर्रा गाँव में रहते थे। मैं उस वक्त अपने गाँव की प्राइमरी पाठशाला में कक्षा चार में पढ़ रहा था। इन भगवती दादी की तरह मेरी सगी दादी को भी डिमेंशिया हो गया था। उस वक्त वे भी तकरीबन यही अस्सी-बयासी साल की रही होंगी। एक तो हमारा ग्रामीण परिवेश और उस पर भी बुंदेलखंड के पिछड़ेपन का दंश। हम उस वक्त डिमेंशिया के बारे में पूरी तरह से नहीं जानते थे। मैं अकसर इस बात से परेशान रहता था कि मेरी दादी अचानक से मुझे पहचानना बंद क्यों कर देती हैं!"

यह बताते-बताते संजीव सिंह संजीदा हो गए। उनका गला अतीत की ओस को पीता हुआ रुँधता चला जा रहा है। छियासी साल की वृद्धा भगवती देवी उर्फ राम प्यारी को दादी···दादी···कहकर पुकारनेवाले उनतालीस साल के जिलाधिकारी संजीव सिंह के भीतर मैंने आज आठ

साल के बच्चे की छवि निहारते देख खुद को द्रवित पाया है। पत्रकारिता के मेरे अब तक के पेशे में मैंने किसी जिलाधिकारी में ऐसी निश्छलता, बालपन और संवेदनशीलता नहीं देखी है। यह मेरे जीवन का एक विशेष क्षण है, जब मैं एक प्रियंवद प्रशासक के भीतर प्रेम का इतना गहरा कुआँ देख रहा हूँ।

"उनका नाम सुभद्रा था।"

"हाँ··· !!!"

"सुभद्रा। मेरी दादी।" जिलाधिकारी संजीव सिंह ने मेरे होश को संवेदनाओं के गार्ज में गिरा जानकर अपने कहे को फिर से दोहराते हुए पहले से अधिक स्पष्ट किया।

"मैं जब प्राइमरी पाठशाला से लौटता, तो रोजाना उनका व्यवहार बदला हुआ रहता था। वे कभी तो मुझे दादी की तरह दुलार देतीं और स्कूल की पढ़ाई के बारे में मुझसे बहुत कुछ पूछती थीं, लेकिन कभी-कभी वे मुझे पहचान ही नहीं पाती थीं। इसके बारे में मैं अपने माँ-बाप से पूछता भी कि आखिर दादी बीच-बीच में मुझे पहचान क्यों नहीं पाती हैं? मुझे जवाब मिलता कि बेटा, दादी की उम्र हो गई है और बुढ़ापे में लोगों की याददाश्त कमजोर हो जाती है। मुझे मालूम है कि तब सभी मुझे बहकाया करते थे। लेकिन अब, जब मैं डिमेंशिया के बारे में जानता हूँ तो उससे संबंधित कोई बात सामने आते ही मेरे खयाल मेरी दादी को ही ढूँढ़ते हैं।"

संजीव सिंह आगे कहते हैं, "जैसे ही सहबसी का यह प्रकरण अचानक से मेरे सामने आया, तो मुझे ऐसा लगा कि भगवती दादी मेरी अपनी ही हैं। अमन, हमें डिमेंशिया को लेकर सतर्क रहना चाहिए। पहली बार उनकी वायरल तसवीर देखकर ही मुझे अंदाजा लगा था कि हो-न-हो, शायद इन वृद्धा को डिमेंशिया की समस्या न हो। लेकिन ज्यादातर लोग डिमेंशिया को लेकर बड़े लापरवाह हैं। भगवती दादी की जिस हालत में तसवीर खींची गई, वह ठीक नहीं है और उस विचलित

करनेवाली आपत्तिजनक तसवीर को सोशल मीडिया पर पोस्ट करना तो मेरी समझ से अनैतिक और अमानवीय है। यह केवल इसलिए हुआ, क्योंकि लोग डिमेंशिया के बारे में नहीं जानते और उसे गंभीरता से नहीं लेते। भगवती दादी के प्रकरण में भी ऐसा ही हुआ होगा। सोशल मीडिया पर पोस्ट करनेवाले लोगों की इस लापरवाही से जनपद की छवि भी धूमिल हुई। निश्चित ही इस उपजाऊ भूमि से अनजान लोगों ने वायरल तसवीर में इसे भुखमरी से जूझ रहे इलाके की तरह जाना होगा।"

डी.एम. की इन चिंताओं और विचारों को जानते हुए उनसे हुई करीब डेढ़ घंटे की बातचीत से मैं इतना तो समझ ही गया था कि भगवती दादी की देखरेख में अब फतेहपुर के जिलाधिकारी संजीव सिंह नहीं, बल्कि जालौन के चंदुर्रा गाँव का वह जिम्मेदार भावुक बच्चा संजीव लगा हुआ है।

जिला अस्पताल के जनरल वार्ड में भगवती दादी के बालों को सिस्टर रेखा चंदेल सँवारने में लगी हैं। इस दौरान भगवती दादी का रेखा के साथ सहचर होने का भाव सुखद है। भगवती दादी के सिर में बचे बालों का जूड़ा बनाने के बाद गुलाबी रंग के फीते से रेखा ने उनके बालों को बाँध दिया है। भगवती दादी अपने बाएँ कंधे की ओर से सिर घुमाकर रेखा से कुछ कहती हैं और रेखा खिलखिला उठती है। रेखा की हँसी में भगवती दादी की हँसी मिलती देख नेपथ्य में मुझे संगीत का कोई अनजाना सुर सुनाई पड़ रहा है, जो मुझे आनंद के प्रक्षेप के उच्च परास पर लिये जा रहा है। मेरे साथ इन सुरों को जिला अस्पताल में भगवती दादी को देखने आए स्वयं जिलाधिकारी संजीव सिंह समेत डॉक्टरों की एक टोली भी सुन रही है, जो उनकी देखभाल में लगी रहती है।

सी.एम.एस. डॉ. प्रभाकर बताते हैं, "भगवती दादी की निजी और विशेष देखरेख के लिए हमने अस्पताल की सीनियर सिस्टर रेखा चंदेल को लगाया है। भगवती दादी की साफ-सफाई और उनको नहलाने सहित उनके कपड़े बदलवाने और उनके बालों की चोटी बनाने से लेकर उनकी

बेडशीट बदलने तक का पूरा काम सिस्टर रेखा ही करती हैं। हम उन्हें कैल्शियम, ग्लूकोज, एंटीबायोटिक मेडिसिन, भूख और खून बढ़ानेवाली दवाओं की निर्धारित खुराक देते रहते हैं।"

आज एक दिलचस्प बात और मालूम चली कि भगवती दादी की चोटी करते समय सिस्टर रेखा जब उनसे पूछतीं कि आपके परिवार में कौन-कौन लोग हैं और वे लोग क्या काम करते हैं तो उन्हें कुछ याद नहीं रहता था। वे किसी के बारे में कुछ भी नहीं बता पाती थीं, सिवा अपने बेटों को छोड़कर। जी हाँ, रेखा ने चौंकानेवाली बात बताई कि दादी को और कुछ तो नहीं याद रहता, लेकिन उन्हें अपने दोनों बेटे याद रहते हैं। रेखा की इस बात पर मुझे मुनव्वर राणा की वह पंक्तियाँ याद आईं—

खुदा ने यह सिफत दुनिया की हर औरत को बख्शी है,
कि वह पागल भी हो जाए तो बेटे याद रहते हैं।

बहरहाल, फतेहपुर जिला अस्पताल में भगवती दादी का इलाज ऐसे ही बड़ी तन्मयता से चलता रहा। अट्ठाइस दिनों के बाद अपने आप उठ-बैठ तक न पानेवाली भगवती दादी इतनी सबल हो गई हैं कि वे अपनी दैनिक नित्य-क्रिया स्वयं करने लगी हैं। वे खाने-पीने की अपनी रुचियाँ भी बताने लगी हैं।

इसी बीच उनका बेटा पप्पू, जो जीविकोपार्जन के लिए कानपुर में रह रहा था, अपनी माँ की देखरेख के लिए जिला अस्पताल आ जाता है और उनके डिस्चार्ज होने तक उन्हीं के साथ रहता है। फिर दिन आता है 29 मई का।

जिला अस्पताल के जनरल वार्ड में आज पहले से थोड़ी चहल-पहल बढ़ गई है, क्योंकि आज भगवती दादी को डिस्चार्ज किया जा रहा है। यहाँ करीब एक माह तक सबके बीच रहीं भगवती दादी से डॉक्टरों और खासतौर से उनकी निजी सेवा में लगीं सिस्टर रेखा को उनसे एक जुड़ाव-सा हो गया है।

दिलचस्प है कि जिला अस्पताल से विदा ले रहीं भगवती दादी के स्वास्थ्य में आशातीत सुधार हुआ है। इस बीच करीब महीने भर के भीतर उनके शरीर के भार में कुल बारह किलोग्राम वजन का इजाफा हुआ है। अब वे बढ़िया तेचंग जान पड़ रही हैं। वे बड़े हाव-भाव से चल-फिर रही हैं। भगवती दादी के चेहरे पर खुशी है। इस प्रकार, उन्हें आगामी पंद्रह दिनों की दवाओं और ग्लूकोज की कुछ खाने-पीने की चीजों के साथ एंबुलेंस में बैठाकर उनके गाँव सहबसी के लिए विदा कर दिया गया है।

देश भर में मानसून की सुगबुगाहट है, लेकिन फतेहपुर जून की गरमी में तप रहा है। पारा 40 डिग्री के पार हो चुका है और कोरोना की स्थिति को लेकर भी अब हमारा जिला वर्जिन नहीं रहा। भिन्न प्रांतों से घर वापसी करनेवाले प्रवासी मजदूरों और कामगारों के साथ कोरोना के संक्रमण ने इस जनपद फतेहपुर में भी अपनी आमद साबित कर दी है। जनपद में कोरोना वायरस के दस्तक देते ही जिले भर में चिंता और थोड़ा भय बढ़ता चला जा रहा है। इससे जिलाधिकारी संजीव सिंह की व्यस्तता और कामकाज भी पहले से काफी बढ़ गया है। इस समय श्रमिकों को गैर-राज्यों से घर वापसी करानेवाली स्पेशल श्रमिक ट्रेनों की हर रोज फतेहपुर स्टेशन पर आवाजाही हो रही है। ट्रेन से उतरनेवाले यात्रियों की थर्मल स्क्रीनिंग से लेकर उन्हें लंच पैकेट उपलब्ध कराने और उनके घरों तक भिजवाने के लिए पूरी सरकारी मशीनरी डटी हुई है और बेशक इन सब चीजों को समन्वयित कर रहे हैं, यहाँ के जिलाधिकारी संजीव सिंह।

कोरोना के इस भयावह दौर में जिम्मेदारियों के बोझ तले दबे जिलाधिकारी संजीव सिंह अब भी जिला अस्पताल से डिस्चार्ज हो चुकीं भगवती दादी को नहीं भूले हैं। वे बीच-बीच में उन्हें याद करते रहते हैं और सी.एम.एस. को उनका हाल-चाल लेते रहने को आदेशित भी करते हैं।

आज छह जून का दिन है। भगवती दादी को अस्पताल से डिस्चार्ज

हुए पूरा-पूरा एक सप्ताह बीत चुका है। संजीव सिंह भगवती दादी से मिलने आज अचानक सहबसी गाँव उनके घर जा रहे हैं। डी.एम. के साथ फतेहपुर-सदर के एस.डी.एम. प्रमोद झा और भगवती दादी का इलाज करनेवाली टीम में शामिल रहे डॉ. आर.एम. गुप्ता भी हैं।

सहबसी जाने के लिए सभी लोग डी.एम. के कहने पर फतेहपुर के कलेक्ट्रेट भवन में इकट्ठा हो रहे हैं। डॉ. आर.एम. गुप्ता के कलेक्ट्रेट पहुँचते ही जिलाधिकारी संजीव सिंह उन्हें अपने पर्स से पाँच सौ रुपए का एक नोट निकालकर देते हैं और कहते हैं, "डॉक्टर साहब, ये पैसे पकड़िए। माताजी (भगवती दादी) के लिए जो जरूरी दवाइयाँ हैं, वे खत्म हो रही होंगी या और भी जो उनके काम की दवाएँ हैं, उन्हें आगे कहीं अपनी गाड़ी रोककर किसी मेडिकल स्टोर से ले लेना।"

कलेक्ट्रेट के मुख्य द्वार पर संजीव सिंह को अपने पर्स से पैसे निकालकर डॉक्टर को देते हुए, यह सब मैं देख रहा हूँ। इस वक्त कोई संजीव सिंह का चेहरा देखता! इस वक्त मुझे वे फिर से फतेहपुर के जिलाधिकारी संजीव सिंह नहीं दिखे। जालौन जिले के चंदुर्रा गाँव का वो आठ साल का बच्चा संजीव अब कमासुत हो गया है। अपनी दादी के लिए दवाइयाँ खरीदने का उत्सुक भाव मुझे उसके गुलाबी चेहरे पर भभकता दिख रहा है, जो सेवाभाव के तेज में डूबा सुर्ख पड़ता जा रहा है।

डॉ. गुप्ता ने जिलाधिकारी से पैसे लेने में जमकर संकोच दिखाया, लेकिन जिलाधिकारी महोदय ने डॉ. गुप्ता की मुट्ठी में पाँच सौ रुपए के नोट को ऐसे जमा किया, जैसे ननिहाल से लौटते वक्त हमारी नानियाँ या मामियाँ किया करती हैं।

आसमान में सिर के ऊपर सूरज चढ़ा बैठा है। आँखों में पसीना भर रहा है। गरमी इतनी है कि पूरा शरीर फसफसा रहा है। सूरज की तेज रोशनी में आँखें चौंधिया रही हैं। पगडंडियों से गुजरने पर उनके किनारे पड़े चूने के बुरादे से मालूम हो रहा है कि इस सहबसी गाँव में

जिलाधिकारी के आने की यहाँ के लोगों को पहले से सूचना मिल गई है, इसीलिए भगवती दादी के घर के करीब पहुँचने पर वहाँ लोगों का अच्छा-खासा हुजूम है। हालाँकि लोगों में सोशल डिस्टेंसिंग के प्रति जागरूकता फलीभूत है।

बीच दुपहरी हम सभी भगवती दादी के घर के सामने खड़े हैं। डी.एम. संजीव सिंह और सदर एस.डी.एम. मिलकर भगवती दादी को उनके घर के भीतर जाकर उन्हें आहिस्ता से घर की चौखट के बाहर लाते हैं। उनका हाल-चाल लेते हैं। मैं देख रहा हूँ कि यह शायद एक महीने की सेवा और बेहतर इलाज का ही असर है कि भगवती दादी इस बार संजीवजी को देखते ही पहचान गई हैं और उनके सिर पर बड़े ही मातृत्व भाव के साथ हाथ फेर रही हैं। मुझे मालूम है कि भगवती दादी और संजीव सिंह का आपसी राब्ता गठीला हो चुका है।

फतेहपुर के असोथर ब्लॉक के सहबसी गाँव में स्वस्थ वृद्धा भगवती देवी के घर की चौखट पर सदर एस.डी.एम. प्रमोद झा के साथ उनकी सेहत का हालचाल लेते जिलाधिकारी संजीव सिंह

भगवती दादी का कुशल-क्षेम पूछने के बाद उन्होंने जिज्ञासावश वहाँ मौजूद गाँववालों से दादी की तसवीर सोशल मीडिया पर पोस्ट करनेवाले के बारे में पूछा और जानना चाहा कि उनकी आपत्तिजनक

अवस्थावाली तसवीर किसने खींची थी। इतने में ही गाँव का एक सफेदपोश नौजवान सामने निकलकर आया। उसने अपना नाम अजय सिंह बताया और कहा कि ये (भगवती दादी और उनका परिवार) हमारे लोग हैं। ये पहले हमारे यहाँ ही रहते थे। उस सफेदपोश नौजवान की बात पर जिलाधिकारी ने 'हमारे लोग' का तात्पर्य भगवती दादी का रिश्तेदार होना समझा और उससे पूछा, "तुम माताजी के रिश्तेदार हो?"

जिलाधिकारी के इस सवाल पर अजय ने बड़े ही रुआब से कहा, "अरे सर! हम क्षत्रिय हैं। ये हमारे यहाँ पानी भरते थे।"

मैं अभी भी जिलाधिकारी द्वारा अजय से पूछे गए सवाल पर उसके द्वारा दिए गए जवाब के मायने ढूँढ़ रहा हूँ।

"इनकी फोटो मेरे भाई ने पोस्ट की थी।" अजय ने आगे कहा।

"अपने भाई को बुलाओ। कहाँ है वह?" डी.एम. का सीधा सवाल था।

फेसबुक पर भगवती दादी की तसवीर पोस्ट करनेवाला विवेक सिंह भदौरिया (विक्की) इसी अजय का भाई निकला। विक्की डी.एम. संजीव सिंह के सामने पेश किया गया। डी.एम. से उस नवयुवक से सीधे-सीधे फेसबुक पोस्ट किए जाने के पीछे की मूल भावना को उससे जानना चाहा।

युवक ने जवाब दिया, "सर, ये पहले हमारे यहाँ पानी भरते थे। अब ये लोग बहुत गरीब हैं। इन्हें आवास की दिक्कत थी तो मैंने इनके हालातों को पोस्ट किया, ताकि इन्हें आवास वगैरह की मदद मिल सके।"

"किसी पात्र जरूरतमंद को यदि आवास दिलाना हो तो उसकी क्या प्रक्रिया होती है?" भगवती दादी की तसवीर वायरल करनेवाले युवक से डी.एम. का फिर से सीधा सवाल था।

"क्या तुम्हें पता है कि भगवती दादी के दिव्यांग पुत्र का नाम

प्रधानमंत्री आवास योजना (ग्रामीण) की पात्रता-सूची में पहले से ही दर्ज है ?" डी.एम. ने युवक को बताया।

युवक इस बार अवाक् था। निःशब्द था।

युवक की खामोशी पर डी.एम. ने अपना सवाल दोहराया, "मुझे इन सभी गाँववालों के सामने और अपने बड़े भाई के सामने बता दो कि किसी पात्र जरूरतमंद को यदि आवास दिलाना हो तो उसकी क्या प्रक्रिया होती है ? क्या इस बारे में तुमने कोई जानकारी ली ?"

इस बार गाँववालों ने देखा कि क्षत्रित्व का दंभ भरनेवाले उन दोनों बंधुओं ने डी.एम. के सामने अपनी नजरें झुका लीं और उनसे क्षमा-याचना की, "सॉरी सर! मुझे नहीं मालूम था कि मेरी पोस्ट इतनी वायरल हो जाएगी।"

"बात वो नहीं है। आपको तनिक समझना चाहिए कि जिस हालत में, वह भी डिमेंशिया से पीड़ित अवस्था में आपने माताजी की जैसी तसवीर खींची है और उसे पोस्ट भी कर दिया, फिर वह वायरल हो गई। यह सब सामाजिक अपराध की श्रेणी का विषय-वस्तु है। आपको यह भी ध्यान होता कि उन्हें डिमेंशिया है तो ऐसा करते वक्त सौ बार सोचना था। डिमेंशिया के बारे में तो जानते हो न तुम ?" डी.एम. संजीव सिंह ने युवक के आगे अब एक नया सवाल दागा।

युवक निःशब्द हाथ बाँधे खड़ा ही रहा।

संजीव सिंह ने अपनी बात जारी रखी, "तुमने जो किया है, उसका यह दुष्परिणाम है कि आज देश भर में फतेहपुर की एक झूठी और गलत छवि लोगों को देखने को मिली है। यह एक धब्बा है और इस धब्बे को मिटाने, तुम्हारे किए पाप को धोने ही मैं यहाँ तुम्हारे गाँव सहबसी में खड़ा हूँ, ताकि दुनिया को पता चले कि मेरा फतेहपुर वैसा नहीं है, जैसा कि उस वायरल फोटो में दिखाया गया।"

युवक को शर्मिंदा देख संजीव सिंह ने उसे सहज किया और समझाया, "हर चीज की अपनी एक प्रक्रिया होती है। उसे जानो और

उसके अनुसार चलो। भगवती दादी के अलावा भी गाँव की कोई भी जरूरतमंद बुजुर्ग हो, उनके लिए आगे आओ। उन्हें मिलनेवाली सरकारी मदद के लिए उनका सहयोग करो। सरकार और उनकी व्यवस्थाएँ व योजनाएँ इसीलिए हैं।"

डी.एम. संजीव सिंह की बातें वह युवक पूरी तरह समझ चुका था। वह उनसे बहुत प्रभावित हुआ। वह "सॉरी सर! अब ऐसा नहीं होगा।" कहकर भगवती दादी के घर का शिलान्यास करने गए जिलाधिकारी संजीव सिंह को अपना सहयोग देने लगा।

जी हाँ, जिलाधिकारी संजीव सिंह अब इसी वक्त अपने वेतन से भगवती दादी के लिए पक्के मकान को बनवाने की बुनियाद की पहली ईंट रखने जा रहे हैं। उन्होंने भगवती दादी के साथ पूजा की दरी पर आसन जमाया। भगवती दादी और संजीव सिंह ने मिलकर भूमि-पूजन किया।

भगवती देवी के साथ मिलकर उनके भवन-निर्माण के लिए भूमि का पूजन करते जिलाधिकारी संजीव सिंह

इस दौरान भगवती दादी ने अपने घर की नींव रखने के दौरान पूजा के बाद खुद अपने ही हाथों से नारियल तोड़कर सभी को यह संदेश दे दिया कि अब उनका स्वास्थ्य कैसा है और अब उनकी भुजाओं में कितना बल भर गया है। सबल भगवती दादी की इस वक्त सक्रियता

देखते ही बन रही है। वहाँ मौजूद गाँववालों समेत भगवती दादी के बेटे और अन्य आलाधिकारी भगवती दादी की स्थिति में आए इस परिवर्तन को देख आश्चर्यचकित हैं।

भगवती दादी के घर की नींव का पत्थर रखने की डी.एम. संजीव सिंह की पहल को वहाँ मौजूद प्रशासनिक अमले का भी समर्थन मिला। सदर एस.डी.एम. प्रमोद झा ने भी अपने जिलाधिकारी की तरह वेतन का एक अंश इस नेक काम में देने के लिए कहा। ऐसे ही सदर तहसील के समस्त लेखपाल, कानूनगो, अमीन, तहसीलदार और नायब तहसीलदारों ने भी अपने-अपने वेतन से दादी का घर बनवाने में निजी वेतन के अंश का सहयोग दिया। इस कड़ी में अपर एस.डी.एम. आशीष कुमार भी अपने वेतन से सहयोग देने को आगे आए।

असोथर ब्लॉक के सहबसी गाँव में सदर एस.डी.एम. प्रमोद झा के साथ भवन-निर्माण के लिए वृद्धा भगवती देवी के घर की नींव का पहला पत्थर रखते जिलाधिकारी संजीव सिंह

एस.डी.एम. प्रमोद झा ने दादी को कॉटन की कुछ आरामदायक साड़ियाँ और फल भी भेंट किए। बस, फिर क्या था, इसी के साथ भगवती दादी का अपना पक्का आशियाना बनना शुरू हो गया।

भूमि-पूजन के बाद भगवती देवी को सहारा देकर उनको लाते जिलाधिकारी संजीव सिंह

आशियाने के अलावा डी.एम. संजीव सिंह ने भगवती दादी के घर को मुख्य मार्ग से जोड़नेवाली सड़क के नवनिर्माण का शिलान्यास भी किया। बतौर डी.एम. संजीव सिंह ने क्षेत्र पंचायत निधि से 160 मीटर लंबी सड़क के निर्माण का शुभारंभ कराया।

भगवती देवी के घर के सामने इंटरलॉकिंग सड़क के निर्माण-कार्य का शुभारंभ करते जिलाधिकारी संजीव सिंह

इसी के साथ भगवती दादी के जीवन का नया अध्याय शुरू हो गया। उनकी पीड़ा से उठे आर्तनाद के सुर को संजीव सिंह ने कहीं गर्त में समा दिया है। भगवती दादी के जीवन में आनंद घोलने के लिए कभी

जिलाधिकारी संजीव सिंह, तो कभी चंदुर्रा गाँव का वह आठ वर्षीय बालक संजीव समय-समय पर जरूरी रागों का नाद करते रहे हैं और आज उन रागों से मिलाकर उससे पैदा हुई सिंफनी के सुरों को पूरा सहबसी गाँव सुन रहा है।

भगवती दादी की तसवीर को अपने फेसबुक अकाउंट पर पोस्ट करनेवाला युवक विवेक सिंह भदौरिया भी अब इस सिंफनी के सुरों के आनंद में डूब गया है। वह मार्ग शिलान्यास और भूमि-पूजन के बाद पूजा में रखे गए मोतीचूर के लड्डुओं को बड़ी तन्मयता और खुशी से अपने गाँववालों में वितरित करने में लगा है।

□

यकीन की जीत

• अल्पना बिमल

(अल्पना बिमल स्वतंत्र पत्रकार हैं। ये पिछले पच्चीस सालों से खोजी पत्रकारिता के क्षेत्र में लगातार काम कर रही हैं। अपनी जुझारू रिपोर्टिंग के लिए अल्पना बिमल विशेष तौर पर जानी-पहचानी जाती हैं।)

वे मशीन पर काम करते-करते पसीने से लथपथ हो गई हैं। बुढ़ापे में थक रही उनकी साँसें फूल रही हैं। आँखें पथरा गई हैं। अपनी इन्हीं पथराई आँखों से वे मशीन में काम करनेवाले अपने सहयोगी मजदूरों से सुहृदयी नाराजगी के भाव से बोलीं, "जरा जल्दी-जल्दी हाथ चलाओ भई···बहुत लकड़ियाँ बनानी हैं। क्यों नहीं समझते बाबा, काम बहुत हैं और समय बेहद कम।"

वहाँ मौजूद सारे मजदूर जन हँसने लगे। इन सबकी सहज हँसी बता रही है कि उम्र के पचहत्तर बसंत देख चुकीं बिमला रमा की ऐसी चिंताओं और उससे उपजे ऐसे मीठे गुस्से के वे बढ़िया आदी हैं। बिमला रमा एक सेवानिवृत्त शिक्षिका हैं, जिनके ऐसे रोजमर्रा के भाषणों और डाँट-डपट के मशीन पर काम करनेवाले ये सारे-के-सारे मजदूर कायदे से अभ्यस्त हैं। यही कारण है कि बिमलाजी की डाँट का इन मजदूरों पर

कोई खास असर नहीं दिखाई पड़ा। ये मजदूर तो बिना किसी बात की फिक्र किए हुए चुपचाप मजे में अभी भी आपस में बतिया रहे हैं।

बिमलाजी को उनके आसपास मौजूद और लगभग सभी जाननेवाले लोग 'माताजी' कहकर पुकारते हैं। माताजी की उम्र पचहत्तर साल पार हो गई है। यद्यपि ऐसे में तो इन्हें उम्र के इस उतार पर आराम करना चाहिए। लेकिन ऐसा नहीं है। माताजी तो इस बुढ़ापे की उम्र में भी गोबर-सानी में लगी रहती हैं। गाय और उनके गोबर के साथ उनका सरोकार ही आज माताजी की पहचान बना हुआ है।

बदरिया मौसम ने आज तो जयपुर के गुलाबी रंग को गाढ़ा कर दिया है। माताजी और उनके साथ काम पर लगे मजदूर गाय के गोबर और मंदिरों में उपयोग हो चुके फूलों के मलबे को मिलाकर गौ-काष्ठ की लकड़ियाँ बनाने में लगे हैं। "माताजी काम करने से कभी बाज नहीं आतीं, फिर चाहे उनकी तबीयत उन्हें खाट लगा दे। अरे, हम कर रहे हैं न काम भई। उनका काम है चुपचाप बैठकर देखते रहना। लेकिन नहीं, लगी रहती हैं··· लगी रहती हैं···"

एक मजदूर द्वारा ये बातें जिस दूसरे मजदूर से कही जा रही हैं, वह माताजी की ओर बिना पलक झपकाए एकदम से टकटकी लगाकर देख रहा है। माताजी को देखकर वह मजदूर अपने भीतर-ही-भीतर द्रवित हो रहा है। उससे रहा न गया तो दयाभाव से भरे उस मजदूर ने अपनी टकटकी तोड़ी और माताजी के पास पहुँचकर बोला, "माताजी, आप रहने ही दो। आपकी उम्र बहुत ज्यादा हो गई है। अब आप घर जाकर आराम करो। हम लोग हैं न!"

माताजी की मुट्ठी से गौ-काष्ठ की कुछ कच्ची लकड़ियों को अपने हाथ से छुड़ाते हुए उस मजदूर ने उन्हें अपनी बातें कहना जारी रखा, "सब लोग कहते हैं कि बाहर बहुत बीमारी फैली है। आपकी उमरवालों को तो इससे और भी ज्यादा बचकर रहने की सलाह दी जाती है। वैसे भी ढलती उम्र में भला कहाँ कोई समाज सेवा करता है, वह भी कोरोना में! तौबा है···

तौबा। इसलिए, आपको तो अपने घर से ही बाहर नहीं निकलना चाहिए।"

माताजी ने इस मजदूर की बातें तो बड़े ध्यान से सुनीं, लेकिन माताजी ने उसे उसकी बातें खत्म होते ही तुरंत काम करने का इशारा किया और वह स्वयं भी फिर से काम में जुट गईं। मजदूर की उक्त तमाम बातों का माताजी ने अपने एक ही इशारे से पटाक्षेप कर दिया।

स्वच्छता और हरियाली का ध्यान दिलाने के वास्ते माताजी दिन-रात भिन्न-भिन्न इलाकों में बनी गौशालाओं में जाती हैं और सबको शिक्षा और हरियाली की जरूरतों और उनकी अनेक महत्ताओं के बारे में बताती हैं। एक रोज जयपुर के किसी इलाके में माताजी लोगों को इसी तरह से जागरूक करने में लगी थीं, "हमारी आनेवाली पीढ़ी को इनकी (पेड़-पौधे और गाय) बहुत जरूरत पड़ेगी। हमें पेड़ नहीं काटने हैं। ये पेड़-पौधे हमारे जीवन के लिए बहुत जरूरी हैं, इसलिए बेकार पड़े गोबर और फूल-पत्तियों से लकड़ी बनाकर तुम सब भी धरती माँ के लिए पुण्य का काम करो।"

लेखिका अल्पना बिमल के साथ एक जागरूकता कार्यक्रम में सेवानिवृत्त शिक्षिका व गौ-काष्ठ अभियान की प्रणेता बिमला रमा

बिमला रमा यानी माताजी के लिए पर्यावरण, सफाई और हरियाली, ये सब बातें मानो उनकी जान हों। मेरे लिए भी यह इतना रुचिकर विषय था कि सच पूछो तो मेरी सारी थकान ही मिट गई। मैं माताजी के पास बैठी तो वे अपने लंबे जीवन के अनुभव के किस्सों को मुझे बेहद रोचक ढंग से सुनाती रहीं। उनकी रोचक बातों से हमारे बीच कभी-कभी हँसी के ठहाके भी लग जाते। वास्तव में, माताजी का पेड़-पौधों के प्रति समर्पण, गायों के प्रति उनकी दयालुता और अपनी मातृभूमि के प्रति लगाव सबकुछ प्रेरणास्पद लगा।

हमारी बातें अपने अंतिम छोर पर ही चल रही थीं कि तभी वहाँ फूल-पत्तियों से भरी एक बुग्गी आकर हमारे सामने खड़ी हो गई। दो मजदूर बिना कुछ कहे-सुने ही हमारे सामने आकर खड़े हो गए और न जाने क्या मुआयना किया और अगले ही पल वे गोबर के ढेर के समीप ही बुग्गी से फूलों के ढेर को पलटने लगे। इसके बाद वे इन्हें मिलाकर लकड़ी का मिश्रण तैयार करने में जुट गए। इस मिश्रण से ही गौ-काष्ठ की लकड़ियाँ तैयार की जानी हैं।

इस पूरे काम-धाम की गति कोरोना के कारण हुए लॉकडाउन में पहले से बहुत धीमी हो गई है। लॉकडाउन में यहाँ के ज्यादातर मजदूर अपने-अपने गाँवों को पलायन कर गए हैं। इसलिए अब यहाँ मजदूरों की किल्लत महसूस हो रही है। मजदूर भला अपने घरों को न जाते तो क्या करते! ऐसे महामारी के दौर में भला कोई क्या कर सकता था? सबके सामने अपनी जान बचाने की जद्दोजहद थी! यही वजह थी कि स्वयं बिमला रमा और उनके निजी सहयोगी लोग भी गौ-काष्ठ तैयार करने में अपने-अपने श्रमदान से यहाँ मजदूरों की कमी को पूरा कर रहे हैं। मैं इससे जरा प्रभावित हुई। लिहाजा बिमला रमा और उनके जाननेवाले लोगों के साथ इस जीवट काम में मैं भी इनकी सहयोगी बन गई और गौ-काष्ठ के निर्माण में पूरी तरह से अपना योगदान देने का

विचार बना लिया। अपने विचार को मैंने अति शीघ्र परिणत किया और तत्काल प्रभाव से इस नेक काम में बिमला रमा की सहयोगी हो गई।

बिमला रमाजी के सहयोग हेतु गौ-काष्ठ के निर्माण के लिए एक मंदिर से उपयोग हो चुके फूलों को जमा करती लेखिका अल्पना

आज गौ-काष्ठ के निर्माण में तेजी दिख रही है। सभी अपने-अपने कामों में मग्न हैं। यहाँ आज का मौसम भी ऐसा कि हर किसी को एकाग्र कर दे। अचानक से दूर खड़े किसी आदमी ने आवाज लगाई, "माताजी···ओ···माताजी!"

आवाज की दिशा में सभी की नजरें अपने आप मुड़ गईं। आवाज देनेवाला व्यक्ति अगले ही पल हमारे पास खड़ा था। वह एक दस्ते के साथ है, जिसमें उसके साथ पाँच-छह लोग और भी हैं। आवाज देनेवाला व्यक्ति इस दस्ते का प्रमुख मालूम होता है। उसने कहा, "गौ-काष्ठ मिशनवाली माताजी से मिलना है।"

माताजी की सहमति के बाद हमने उन्हें अपने पास बुला लिया। उत्सुकता से सभी लोग इन आगंतुकों को देख रहे हैं। छह लोगों के समूह

का एक वृद्ध व्यक्ति नेतृत्व कर रहा था। उस वृद्ध व्यक्ति ने पूछा, "गौ-काष्ठ अभियानवाली माताजी आप हैं?"

माताजी ने विनम्र भाव से उत्तर दिया, "कहिए, क्या बात है! मैं ही हूँ।"

"माताजी, हमने आपकी गौ-काष्ठवाली लकड़ियों के बारे में बहुत सुना है। दरअसल, हम लोग यहाँ आपसे आपके काम को समझने के लिए आए हैं।" उस वृद्ध व्यक्ति ने बड़ी उत्सुकता के साथ माताजी को अपने पधारने का कारण बताया।

वह आगे बताते हैं, "हमारे पास भी पचपन गायों की एक गौशाला है माताजी! उनका बहुत सारा गोबर यूँ ही बरबाद होता है और जो गंदगी होती है, सो अलग। इसलिए हम लोग भी चाहते हैं कि हम अपने उस गोबर से गौ-काष्ठ के निर्माण का काम शुरू कर दें। कृपया आप हमारा मार्गदर्शन करें।"

इससे पहले कि माताजी उन्हें गौ-काष्ठ के बारे में कुछ बतातीं, सबसे पहले उन्होंने उन सभी को बैठने के लिए कहा। पेशे से शिक्षका रहीं माताजी, अब उनसे मुखातिब हुईं, "हमारा देश भारत पवित्र गायों की भूमि होने के नाते गौमाता से जुड़ी हर चीज को शुद्ध मानता है। हमारे यहाँ इन गायों से प्राप्त लगभग कुल 190 बिलियन टन गोबर हर साल बरबाद होता है। यह कुल उत्पादित गोबर का पैंसठ प्रतिशत है। यानी पैंसठ प्रतिशत गोबर के बरबाद होने के बाद हम केवल पैंतीस प्रतिशत गोबर का ही उपयोग अपनी दैनिकचर्या में कर पाते हैं। यह जो पैंसठ प्रतिशत डंप पड़ा गोबर होता है, इससे होनेवाला ग्रीन हाउस गैसों का उत्सर्जन हमारे पर्यावरण के लिए बहुत खतरनाक है। इसके अतिरिक्त भारत के मंदिर से लाखों टन फूल एवं हवन-सामग्रियों की राख नदी-नालों में फेंक दी जाती है, जिससे जल प्रदूषण तेजी से बढ़ रहा है। इसके अलावा, गौशालाओं की दयनीय स्थिति और उसके बरक्स दाह-संस्कार के लिए लोगों को लकड़ी की कमी आदि, ये सब वे कारण हैं, जिनसे निजात पाने

के लिए हमने 'गौ-काष्ठ अभियान' की शुरुआत की है। ये पर्यावरण की बेहतरी और सुरक्षा के लिए हैं।"

गौ-काष्ठ निर्माण की आवश्यकता के बाद अब माताजी उन्हें गौ-काष्ठ के निर्माण के बारे में बता रही हैं, "गाय का गोबर तथा मंदिर में चढ़ाने के बाद बासी और बेकार फूल-पत्तियाँ व हवन-सामग्री के मिश्रण को मिलाकर मशीन में डाला जाता है। फिर इससे ही तीन-तीन फीट के आकार की गौ-काष्ठ बनाई जाती हैं, जिन्हें हम 'पवित्र अग्नि कंडा' कहते हैं।"

गोबर और फूल-पत्तियों के मिश्रण को मिलाकर मशीन से गौ-काष्ठ का निर्माण करते माताजी यानी बिमला रमा के सहयोगीजन

माताजी और उनकी टीम इन दिनों कोरोना वायरस के कारण मृत्यु को प्राप्त हो रहे लोगों के दाह-संस्कार के लिए इन्हीं 'पवित्र अग्नि कंडों' का प्रबंध करने में लगे हैं। वैसे भी माताजी चाहती हैं कि इन पवित्र अग्नि कंडों का श्मशान घाटों में सर्वाधिक प्रयोग हो। इसके लिए वे मुहिम भी चला रही हैं। इस पवित्र गौ-काष्ठ को बनाने और

बेचने में कोई दिक्कत न हो, इसके लिए माताजी की टीम गौशालाओं, विविध संस्थाओं और श्मशान घाट के मध्य समन्वय बिठाती हैं। इससे गौशालाओं को भी सशक्त बनने में मदद मिल रही है।

इस प्रकार, गौ-काष्ठ अभियान से न केवल बरबाद हो जानेवाले पैंसठ प्रतिशत गोबर की उपयोगिता होगी, बल्कि इससे कई तरह के प्रदूषणों में कमी आएगी। पर्यावरण की रक्षा होगी। इसके साथ ही, इस अभियान से लोगों का आर्थिक उपार्जन भी होगा, जिससे अकुशल श्रम को एक बेहतर आजीविका प्रदान होती है। बेरोजगारी कम होती है।

खैर, माताजी ने आगंतुकों को गौ-काष्ठ के निर्माण के बारे में विस्तार से जानकारी देकर अपने प्लांट का विजिट भी कराया। इस दस्ते के जाते-जाते माताजी ने इन्हें गौ-काष्ठ के निर्माण के बाद इनकी खेप पहले श्मशान घाट को ही भेजने का अनुरोध किया।

दस्ते को यह संदेश देने के पीछे माताजी का अच्छा-खासा शोध और उद्देश्य है। हमें मालूम होना चाहिए कि भारत में सन् 2011 की जनगणना के आँकड़ों के विश्लेषण के अनुसार देश भर में खपत होनेवाली कुल लकड़ी में से सत्तर प्रतिशत लकड़ियों का उपयोग केवल शवों के अंतिम संस्कार के लिए होता है, यानी श्मशान घाट में शवों को जलानेवाले ईंधन के लिए सबसे ज्यादा लकड़ी का ही उपयोग होता है और यह बहुत ज्यादा यानी सत्तर प्रतिशत है। सोचनेवाली बात है कि इतनी ढेर सारी लकड़ियाँ केवल और केवल श्मशान घाट में जला दी जाती हैं।

यह भयावह है कि श्मशान घाट में एक शव के साथ दो जीवित पेड़ भी जलते हैं। इन पेड़ों से छह मिलियन टन कार्बन डाइऑक्साइड गैस को कम किया जा सकता है, जबकि हर साल देश में आठ मिलियन दाह-संस्कार किए जाते हैं। ऐसे में स्पष्ट है कि हर साल सोलह मिलियम पेड़ केवल-और-केवल श्मशान घाट में जला दिए जाते हैं, जबकि इसके बरक्स हमारे देश में सैकड़ों बिलियन टन गोबर हर साल बरबाद होता

है। बरबाद गोबर का इससे बेहतर भला और क्या इस्तेमाल हो सकता है कि इससे गौ-काष्ठ का निर्माण कर इन लकड़ियों का प्रयोग हम श्मशान घाट के लिए करें।

दीगर है कि गौ-काष्ठ की लकड़ी में केवल एक से दो प्रतिशत तक ही नमी रहती है, जबकि सामान्य लकड़ी में नमी पंद्रह से बीस प्रतिशत तक मौजूद होती है। लकड़ी में मौजूद यह नमी की अधिकता ही औसत अधिक धूम्र का कारण है। पंद्रह से बीस प्रतिशत तक की नमीवाली लकड़ियों को श्मशान घाट में जलाने के लिए चार से छह किलो तक घी लग जाता है, जबकि गौ-काष्ठ की लकड़ियों से किसी शव को जलने में केवल एक-दो किलो घी ही पर्याप्त होता है। इसके अलावा, एक शव का अंतिम संस्कार करने में जहाँ सामान्य लकड़ी पाँच क्विंटल तक लग जाती है, वहीं गौ-काष्ठ केवल तीन क्विंटल ही पर्याप्त होता है।

इस बारे में भी कई शोध सामने आए हैं कि सामान्य लकड़ी के धुएँ से सिर्फ और सिर्फ कार्बन डाइऑक्साइड गैस ही निकलती है, जबकि यह सुखद है कि गौ-काष्ठ की लकड़ी को जलाने से निकलनेवाले धुएँ में चालीस प्रतिशत तक ऑक्सीजन भी मौजूद होती है।

इस प्रकार, वनों की कटाई रोकने का गौ-काष्ठ अभियान सबसे मौलिक तरीका है। इसका कारण यही है कि इस अभियान का सबसे बड़ा लक्ष्य अंतिम संस्कार के लिए वैकल्पिक ईंधन के रूप में गौ-काष्ठ लकड़ी का प्रयोग करना है। इस अभियान को शुरू करने में बिमला रमा ने अपनी सेवानिवृत्ति के बाद प्राप्त समस्त पेंशन राशि का उपयोग कर दिया था। वह इसे पुण्य काम मानती हैं।

जैसे ही वैश्विक महामारी कोरोना से भारत में लोगों की जान जाने लगी, तो बिमलाजी ने इस मौके पर श्मशान घाटों के लिए अपने यहाँ से गौ-काष्ठ की लकड़ियाँ दान में देना शुरू कर दिया। दिलचस्प यह रहा कि मजदूरों के पलायन के बाद इन लकड़ियों का निर्माण माताजी ने स्वयं अपने परिश्रम से किया। पचहत्तर साल की उम्र में भी इनमें

एक श्मशान घाट में गौ-काष्ठ के
पवित्र अग्नि कंडों से किया जा रहा शव का दाह-संस्कार

इतना फौलाद भरा है कि इस महामारी में जहाँ लोग अपनी जान बचाने के लिए अपने-अपने घरों में बंद हैं, वहीं ये मानवता के पोषण के लिए निर्भय, निडर और निशंक होकर मशीन चला रही हैं। पर्यावरण और लोगों की सेवा के लिए गौ-काष्ठ के निर्माण में लगीं बिमला रमा हमारे

समाज की असल वीरांगनाओं में से एक हैं।

बिमला जब शिक्षिका थीं, तो वो यह सोचा करती थीं कि उनका जीवन केवल इतना ही उपादेय नहीं कि वह एक शिक्षिका बनकर ही पूरा जीवन काट दें। उन्हें यकीन था कि वो अपनी सेवानिवृत्ति के बाद कुछ-न-कुछ ऐसा जरूर करेंगी, जिससे प्रकृति का संतुलन सही हो और वह मुसकरा उठे। इसके लिए वे कई सारी चीजों का विचार अपने मन में लाया करती थीं। अत: उन्होंने गौ-काष्ठ के निर्माण जैसा विशिष्ट कार्य चुना और आज ये इसे फलीभूत करके अपने यकीन को जीत चुकी हैं।

सावन में भी यहाँ हल्की गरम हवाएँ चल रही हैं। बारिश के कोई आसार तो नहीं दिख रहे हैं, लेकिन उमस से जी भड़भड़ा रहा है। मैंने माताजी को देखा, वे मशीन पर काम करते-करते पसीने से लथपथ हो गई हैं। बुढ़ापे में थक चुकी धीमी चालवाली उनकी साँसें फूल रही हैं।

□

अदम्य कर्मण्यता

• विनय कुमार

(विनय कुमार ग्राउंड जीरो पर काम करनेवाले देश के चुनिंदा पत्रकारों में से एक हैं। वर्तमान में ये भारत सरकार के पोषण अभियान में टाटा ट्रस्ट की ओर से उत्तर प्रदेश के कौशांबी जनपद का नेतृत्व कर रहे हैं। इन्होंने कुपोषण के खिलाफ जागरूकता जनांदोलन का विश्व रिकॉर्ड बनाया है।)

यह कच्चा रास्ता है, जिसके दिन न जाने कब बहुरेंगे। स्थानीय लोग बताते हैं कि उन्होंने अपने जनप्रतिनिधियों से गुहार लगा-लगाकर हार मान ली है। कोई ऐसा सदाशयवाला नेता या अधिकारी नहीं, जो कम-से-कम कुछ सौ मीटर की इस सड़क को पक्की करा दे, जो कुछ ही कदम जाकर पक्की सड़क से मिल रही है।

यह मुहल्ला भिनसार होते ही चहकने लगता है। रोज की तरह मुहल्ले भर के बच्चों की दादी अब अपने घर से निकलकर आँगनबाड़ी केंद्र की तरफ जा रही हैं। गज भर के रास्ते में ही उनसे कई बच्चे खिलखिलाकर लिपट पड़े हैं, जिन्हें वे अपने साथ आँगनबाड़ी केंद्र की ओर लेकर डहर चली हैं। छोटे-छोटे बच्चे तो उनकी गोद में चढ़ गए हैं और जो उनसे

थोड़े बड़े बच्चे हैं, वे उनकी एक-एक करके ऐसे उँगलियाँ पकड़े हुए हैं कि दादी के हाथों में उँगलियाँ ही कम पड़ गई हैं।

मुहल्ले के ये सब बच्चे उन्हें 'पोपली दादी' कहकर चिढ़ाते हैं और अकसर चिढ़ाकर खिलखिलाते भी रहते हैं। पर अगले रोज जब पोपली दादी आँगनबाड़ी केंद्र की ओर निकलीं, तो उनकी गली एकदम शांत हो गई। उसने इतना सन्नाटा ओढ़ लिया है कि दादी का जिस गली में आधा जीवन खिलखिलाते गुजरा, उस दिन उसी से उन्हें डर लग रहा था, जबकि चहुँमुख मौसम बासंती है।

मार्च में सर्दियाँ अपनी अकड़ कम कर रही हैं। दिन में गुनगुनी धूप खिलकर चमकने लगी है। इन सुहावने दिनों में वैसे तो यहाँ के बच्चे अपने घरों से निकलकर गलियों में दौड़ने लगते हैं और लोग अपने मुहल्ले के चबूतरों पर जुटकर देश-दुनिया की तकदीर पर चर्चा करते हैं, लेकिन आज यहाँ पर यह सब रौनक नजर नहीं आ रही है। देश भर की तरह आज यहाँ भी कोरोना और उसके कारण हुए लॉकडाउन का स्पष्ट प्रभाव दिख रहा है।

देश भर में कोरोना महामारी से बचाव के एहतियातन लॉकडाउन लगा है और हर दिन चहकनेवाले चौराहों पर चौकीदार तैनात हैं। एक पुलिसवाले ने पोपली दादी को देखकर हैरानी से रोक लिया। डंडा पटकते हुए पूछा, "ऐ दादी, कहाँ चली जा रही हो? डर नहीं लगता तुमको? कानून से न सही, तो अपनी उम्र देखकर ही कोरोना से भय खाओ!"

दादी ने पुलिसवाले को नमस्कार किया और कहा, "आपको भी तो डर नहीं लग रहा है न! ये वरदियाँ होती ही ऐसी हैं, जिसमें देश को बचाने के लिए कोरोना से डर नहीं लग रहा है किसी को; अपनी जिम्मेदारी में कोई कमी न रह जाए, डर तो इससे लग रहा है लोगों को।"

पुलिसवालों ने दादी की बातें सुनते और उनके जरा और करीब आते ही चुप्पी साध ली। पुलिसवालों की नजरें जब उनकी साड़ी पर

गई, तो उनमें से एक पुलिसवाले ने फौरन अंदाजा लगाया, "अरे! ये तो आँगनबाड़ी की ड्रेस में हैं।"

अपने साथी कैडिट की बात सुन सभी पुलिसवालों को दादी की ड्रेस और आवाज सुनकर उन्हें पहचानने में अब तनिक भी देर न लगी, "ये तो आरती सोनी हैं! इस क्षेत्र की आँगनबाड़ी सहायिका हैं।" दूसरे सिपाही ने कहा।

"ओह! आप हैं आँगनबाड़ी दादी। जाइए···जाइए। वैसे आज तो आपके बच्चे भी इंतजार नहीं कर रहे होंगे, क्योंकि आँगनबाड़ी बंद है। तो फिर आज इधर कहाँ?" दादी से यह उस पुलिसवाले ने बड़े हाव-भाव से पूछा, जिसने सबसे पहले दादी को टोका था।

उस पुलिसवाले की बात सुनकर आँगनबाड़ी दादी की मुसकराहट उनके चेहरे पर लगे मास्क में छिप गई। मास्क के भीतर से ही वे बुदबुदाईं, "आज बच्चों की नहीं, बुजुर्गों की बारी है। बच्चे और बुजुर्ग कोरोना से सबसे ज्यादा जोखिम में हो सकते हैं, इसलिए आज बुजुर्गों के घर-घर जाकर उन्हें परामर्श देना है। ···अच्छा चलती हूँ। आप भी अपना खयाल जरा ध्यान से रखिए, क्योंकि आप भी देश की रक्षा में मुस्तैद हैं।"

पुलिसवालों से आरती सोनी ऐसा कहकर आगे बढ़ गईं। आरती साठ-पैंसठ साल की एक वृद्धा हैं, जो एक आँगनबाड़ी सहायिका हैं। आँगनबाड़ी एक ऐसा केंद्र है, जो बच्चों और महिलाओं के स्वास्थ्य और पोषण के लिए महत्त्वपूर्ण भूमिका निभाता है। किशोरियों के स्वास्थ्य और पोषण से लेकर महिलाओं की गर्भावस्था और प्रसव में हर पल की साथी होती हैं, ये आँगनबाड़ी सहायिकाएँ।

प्रति एक हजार लोगों की आबादी पर एक आँगनबाड़ी केंद्र संचालित किया जाता है। इस केंद्र को संचालित करने के लिए आँगनबाड़ी कार्यकर्त्री और उसकी एक सहायिका यानी कुल दो महिलाओं की नियुक्ति की जाती है, जो उसी गाँव की निवासी होती हैं, जहाँ इसका केंद्र खोला जाता है।

आँगनबाड़ी कार्यकर्त्री का काम होता है—केंद्र संचालित कर

सरकारी सेवाओं को हर लाभार्थी तक पहुँचाना। इस कार्य में सहायता करने के लिए उनके साथ रहती हैं आँगनबाड़ी सहायिका। सहायिका का काम केंद्र खोलना और लाभार्थियों को केंद्र पर बुलाकर सामुदायिक गतिविधियों में आँगनबाड़ी कार्यकर्त्री की मदद करना होता है। सहायिका ही हर रोज दो साल से छह साल तक की उम्र के बच्चों को प्राइमरी की शिक्षा के लिए घर-घर जाकर बुलाती हैं और आँगनबाड़ी केंद्र पर हर दिन उन्हें खेल-खेल में स्कूल पूर्व शिक्षा का अभ्यास कराती हैं। ऐसी ही एक सहायिका हैं आरती सोनी।

अपने आँगनबाड़ी केंद्र के बाहर खड़ीं आँगनबाड़ी सहायिका आरती सोनी

उत्तर प्रदेश के कौशांबी जिले के भरवारी ब्लॉक में इंदिरा नगर आँगनबाड़ी केंद्र में एक आँगनबाड़ी सहायिका के रूप में काम करते हुए आरती सोनी को बारह साल हो गए हैं। बारह साल पहले भी आरती ने कई सरकारी अभियानों में अपना भरपूर योगदान दिया है। आरती के पिता रेलवे में चतुर्थ श्रेणी कर्मचारी थे, लेकिन पगार इतनी कम थी कि घर का खर्च चल पाना मुश्किल था। घर की तंगहाली देखकर आरती ने बचपन से ही

अपने परिवार की मदद करने के लिए काम करना शुरू कर दिया था। उन्होंने तय कर लिया था कि वह अपनी पढ़ाई करते हुए भी कुछ-न-कुछ काम करके अपने परिवार की आर्थिक मदद करेंगी।

अपने परिवार की आर्थिक मदद करने के लिए उन्होंने घर में कागज के पैकेट बनाने का काम शुरू किया। इसके बाद वे पापड़ बनाने का काम भी करने लगीं। इन सब कामों से जो भी थोड़ी पूँजी जमा होती, उससे आरती अपनी पढ़ाई का खर्च और घर की छोटी-छोटी जरूरतें भी पूरी कर लेतीं। आरती को पढ़ने का खूब शौक था और उनका सपना था कि वे अच्छी तरह पढ़कर एक बढ़िया नौकरी हासिल करें और घर की आर्थिक हालत अपने बलबूते सुधार लें।

आरती बचपन से ही पुलिस में जाना चाहती थीं। उनका सपना था कि वह पुलिस में भर्ती हो जाएँ और महिलाओं की सुरक्षा बेहतर तरीके से कर पाएँ। अपने इस सपने को हासिल करने के लिए आरती ने जमकर मेहनत की। उनकी पढ़ाई और शारीरिक परिश्रम से दिल्ली पुलिस में उन्हें नौकरी का मौका मिल गया। आरती याद करती हैं, "जिस दिन डाक से ऑर्डर आया, मेरे कदम जमीन पर नहीं पड़ रहे थे। पूरे मोहल्ले में घूम-घूमकर मैं सबको गले लगा रही थी। बस, लगा कि अब मेरी जिंदगी मेरी मुट्ठी में है।"

लेकिन आरती पुलिस में जा नहीं पाईं। उनके पिता ने उन्हें भेजने से मना कर दिया, क्योंकि दिल्ली दूर थी। उन्होंने कहा कि शादी हो जाए, तो अपने घर से जाना। पर शादी के बाद तो आरती की पढ़ाई ही छूट गई।

आरती ने बारहवीं की परीक्षा बड़ी मेहनत और अच्छे नंबरों से पास कर बी.ए. में दाखिला ले लिया था, लेकिन बी.ए. के पहले साल में ही उनकी शादी हो गई। शादी होकर ससुराल आने की वजह से उनकी पहले साल की परीक्षा छूट गई और फिर वहीं उस परीक्षा के साथ ही आरती की पढ़ाई भी छूट गई। ससुराल में आकर आरती की मुश्किलें कम नहीं हुईं, पति का फोटो स्टूडियो था, जो शुरुआत में तो खूब चला, लेकिन बदलते

वक्त के साथ धीरे-धीरे उस कारोबार में ग्राहक आने बंद होने लगे। फिर आरती ने घर से निकलकर काम तलाशना शुरू कर दिया, ताकि परिवार की मदद कर सकें। वे पास के ही एक निजी स्कूल में पढ़ाने लगीं।

स्कूल में पढ़ाते वक्त आरती बच्चों के साथ खूब घुल-मिल जातीं और स्कूल में भी बाकी सभी साथियों की मदद करतीं। यहाँ तक कि वे अपने मुहल्ले की आशा वर्कर के साथ टीकाकरण करवाने भी चली जातीं। जब भी मौका मिलता, वे दूसरों की मदद करने से नहीं चूकतीं। इसी मदद के बहाने उनके लोगों से अच्छे रिश्ते बनते चले गए, जो उन्हें आगे काम आए।

साल 2002 में एक मौका आया, जब बगल के क्षेत्र में आशा वर्कर का पद खाली हो गया और आरती को वह जिम्मेदारी मिल गई। आशा के रूप में आरती ने मेहनत और मन के जुड़ाव से काम किया और अपने क्षेत्र में टीकाकरण से लेकर महिलाओं एवं बच्चों के स्वास्थ्य पर जमकर काम किया। फिर उन्हें वर्ष 2008 में आँगनबाड़ी सहायिका के पद पर काम करने का मौका मिल गया और तब से वे इसी रूप में काम कर रही हैं।

आँगनबाड़ी सहायिका के काम में आरती ने जब अपनी लगन से सीखना शुरू किया तो उनके मन में फिर से पढ़ाई की इच्छा जाग्रत् होने लगी और उन्हें लगने लगा कि वे शादी के बाद से अपनी छूटी हुई पढ़ाई को अब पूरी कर सकती हैं। लिहाजा उन्होंने बी.ए. करने की ठान ली। यह वह समय था, जब उनके बच्चे भी स्नातक की पढ़ाई में लग चुके थे।

आरती को बड़ी हँसी आई, जब किसी ने कहा, "देखो इस आँगनबाड़ी बुड़च्चा को, अब चली है बुढ़ापे में तरने।"

बहरहाल, दुनिया की ऐसी खिँस-निपोरी को नजरअंदाज करते हुए अपने परिवार के सपोर्ट से आरती ने आखिरकार अपने अधूरे बुने सपने को पूरा करने के लिए फिर से बुनाई शुरू कर दी। उन्होंने बी.ए. में अपना दाखिला करवा लिया।

साल 2012 में जब आरती बी.ए. में अपनी बेटी को साथ लेकर

दाखिला लेने गईं तो प्रिंसिपल कोर्स से लेकर पढ़ाई और फीस आदि की जानकारियाँ देते हुए उनकी बेटी से ही बात कर रहे थे। लेकिन जब उन्हें पता चला कि एडमिशन तो उनकी माँ को लेना है, तो प्रिंसिपल कुछ पलों के लिए असहज हो गए। आरती प्रिंसिपल का रिएक्शन याद करते हुए आज भी खूब जोर-जोर से हँसती हैं, हालाँकि आरती को ऐसे रिएक्शंस से दो-चार होने की अभी तो शुरुआत हो रही थी।

साल 2015 में आरती ने बी.ए. की परीक्षा पास कर अपने सपने को पूरा कर लिया है, लेकिन अपने इरादों में फौलाद भरकर चलनेवाली इस दादी को अभी यहाँ रुकना ही कहाँ था। उन्होंने बी.ए. के बाद समाजशास्त्र विषय लेकर एम.ए. में प्रवेश लिया और फिर एम.ए. भी पास कर आरती ने परास्नातक की डिग्री हासिल की।

जनपद कौशांबी के सिटी स्लम की बाल विकास परियोजना अधिकारी गायत्री देवी बताती हैं, "आरती इतनी सक्रिय हैं कि जब भी उनके क्षेत्र में कोई कार्यक्रम होता है या किसी सर्वे आदि में आँगनबाड़ियों की मदद की जरूरत होती है तो मेरे दिमाग में पहला नाम आरती सोनी का ही आता है। और जैसे ही मैं फोन पर कार्यक्रम बताती हूँ, उधर से आरती का जवाब हमेशा यही रहता है कि मैं तैयार हूँ। एक आँगनबाड़ी सहायिका होते हुए भी आरती जबरदस्त मेहनत और सक्रियता की बदौलत ही अपनी अलग पहचान बनाने में सफल रही हैं। अपना केंद्र चलाने के अलावा क्षेत्र की अन्य आँगनबाड़ी कार्यकर्त्रियों की मदद करने से लेकर जिले के सभी कामों में आरती का उत्साहित सहयोग रहता है।"

बहरहाल, जब भारत सरकार ने पोषण अभियान में आँगनबाड़ी कार्यकर्त्रियों के भारी-भरकम चौदह रजिस्टर हटाकर उन्हें स्मार्टफोन देनेवाली योजना यानी आई.सी.डी.एस.-सी.ए.एस. की शुरुआत की, तो यह राज्य सरकार का एक ऐतिहासिक परिवर्तनवाला कदम था। हर ओर से यह सवाल था कि आखिर दसवीं पास गाँव की एक सामान्य महिला कैसे स्मार्टफोन चलाएगी और उसमें एक एप्लीकेशन के जरिए कैसे हर

दिन एंट्री कर पाएगी ? उत्तर प्रदेश में वर्ष 2018 में पच्चीस जिलों को पहले फेज के इंप्लिमेंटेशन के लिए चुना गया। इसमें कौशांबी भी उन जनपदों में शामिल रहा, जिन्हें इंप्लिमेंटेशन के लिए चुना गया।

आई.सी.डी.एस.-सी.ए.एस. एप्लीकेशन वाले मोबाइल को आँगनबाड़ी कार्यकर्त्रियों को देने से पहले उनकी ट्रेनिंग पूरी करने का काम एक महत्त्वपूर्ण काम था और इसके लिए मास्टर ट्रेनर बनाने के लिए सिर्फ उच्च स्तरीय अधिकारियों या बाहरी ट्रेनर्स की ही आवश्यकता नहीं थी, बल्कि सरकार को आँगनबाड़ी कार्यकर्त्रियों में से सक्रिय आँगनबाड़ी कार्यकर्त्रियों को भी मास्टर ट्रेनर बनाना था, ताकि वे अपनी सहयोगियों को बेहतर सिखा पाएँ और आनेवाले समय में भी कोई जरूरत पड़ने पर समस्या का समाधान कर पाने में सहायक हो सकें। इसके लिए सरकार को ग्रेजुएट और पोस्ट ग्रेजुएट सक्रिय आँगनबाड़ी कार्यकर्त्रियों की जरूरत थी।

अब एम.ए. की डिग्री हासिल कर चुकीं आरती सोनी को मास्टर ट्रेनर के रूप में चुना गया। वे ब्लॉक लेवल की आई.एल.ए. मॉड्यूल की ट्रेनिंग में भी ट्रेनर हैं और अपने क्षेत्र की आँगनबाड़ी कार्यकर्त्रियों को आई.एल.ए. की ट्रेनिंग तो वे देती ही हैं।

हवाओं में नमी तो अभी बरकरार है। फिजाओं में जो बासंतिक सुषमा घुली हुई है, उसे कोरोना के भय ने किसी को महसूस नहीं होने दिया। भिनसार होते ही चहकनेवाली आरती दादी, जिन्हें उनके मुहल्लेवाले पोपली दादी कहकर पुकारते हैं, के मुहल्ले में भी कोरोना का भय है। ऐसे में लोगों को आरती दादी से उम्मीद है कि वे आगे आकर इसे सँभालेंगी।

लोगों की आरती दादी से ऐसी उम्मीदों ने उनके चेहरे पर जिम्मेदारियों के गहरे भावों को ऐसे उकेर दिया है कि उनके निशान उनके बूढ़े चेहरे पर भी साफ दिखाई दे रहे हैं। कोविड-19 की महामारी, जिसके बारे में अभी लोगों को ज्यादा कुछ साफ-साफ पता भी नहीं है, से निबटने और इससे बचने को लेकर लोगों में चिंताएँ और उत्सुकताएँ दोनों बनी हुई हैं।

फिलहाल अभी कोविड-19 की वजह से लगे लॉकडाउन में

आई.सी.डी.एस.-सी.ए.एस. की भूमिका बहुत महत्त्वपूर्ण हो गई है। इसी एप्लीकेशन के जरिए आँगनबाड़ी कार्यकर्त्रियों के काम को ट्रैक किया जा रहा है। इस स्मार्टफोन से आँगनबाड़ी द्वारा अपने लाभार्थियों से संपर्क का वीडियो कॉलिंग का तरीका तो सबसे गजब हुआ। आई.सी.डी.एस.-सी.ए.एस. में कुछ नए मॉड्यूल जोड़े गए हैं और उसे अपडेट करने की जरूरत पड़ रही है। कई आँगनबाड़ी कार्यकर्त्रियाँ इस अपडेट को करने में सफल नहीं हुईं और उनका काम रुक गया। आरती ने मास्टर ट्रेनर के रूप में इन सभी आँगनबाड़ी कार्यकर्त्रियों के स्मार्टफोन्स को ठीक किया। आरती जिला स्तरीय मास्टर ट्रेनर्स के संपर्क में रहते हुए लगातार अपने क्षेत्र के आँगनबाड़ियों के डेटा को ट्रैक करती रहीं और जिनका डेटा नहीं जा पाया, उनके केंद्र पर स्वयं जाकर आरती ने स्मार्टफोन ठीक किया।

आरती की मेहनत की वजह से उनके ब्लॉक के शत-प्रतिशत स्मार्टफोन एक्टिव हैं और शत-प्रतिशत स्मार्टफोन का डेटा इंटरनेट के

एक गर्भवती महिला के घर जाकर पोषाहार पहुँचातीं आँगनबाड़ी सहायिका आरती सोनी। कोरोना महामारी के दौरान जब आँगनबाड़ी केंद्र को बंद कर दिया गया, तो इन्होंने गर्भवती महिलाओं के घर-घर जाकर पोषाहार का वितरण किया।

जरिए अपडेट किया जा चुका है। सिटी स्लम की बाल विकास परियोजना अधिकारी गायत्री देवी बताती हैं, "आरती ने वैश्विक महामारी के इस दौर में जोखिम लेते हुए एक-एक आँगनबाड़ी की मदद की है, जिससे ब्लॉक की शत-प्रतिशत फीडिंग सुनिश्चित हो पाई है।"

कोरोना के साथ रहते लोगों ने कुछ महीने बिता लिये हैं। मौसम में गरमी आ चुकी है। अभी भद्दर गरमी आना बाकी है। लोगों में यह बातें आम हैं कि भीषण गरमी आते ही कोरोना झुलसकर मर जाएगा। वहीं कुछ इसे मानने से इनकार भी कर रहे हैं।

यद्यपि कोरोना के इस दौर में सबसे अधिक बच्चों और बुजुर्गों को घर पर टिके रहने की बातें कही जा रही हैं। बुजुर्गों का तो घर पर रहकर मन भी भड़भड़ा रहा है तो उन्हें और भी ज्यादा केयर करना पड़ रहा है। उनके प्रति समाज को और अधिक संवेदनशीलता दिखानी पड़ रही है। तथापि आरती सोनी इससे परे और एक अपवाद की तरह हैं। वे स्वयं बुजुर्ग हैं। ऐसे में उन्हें कोरोना को लेकर अपनी देखरेख करनी चाहिए। घर पर रहना चाहिए। उनके घरवाले उनकी देखरेख करें, ऐसा सिद्धांतत: होना ही चाहिए, लेकिन बुजुर्ग आरती दादी को लेकर कोई चिंतित नहीं। उलटे सब अपनी चिंताएँ उनकी ही झोली में डाल रहे हैं। वे अपनी देखरेख से परे वृद्धावस्था में भी स्वयं एक फ्रंट लाइन कोरोना वॉरियर्स के रूप में काम कर रही हैं। ऐसे में, निश्चित है कि इस वैश्विक आपदा के दौर में आरती दादी को यहाँ के लोग एक वीरांगना के रूप में याद करेंगे।

आज चटख धूप खिली है। सूरज सिर के ऊपर चढ़ता चला आ रहा है। गरमी के मारे बदन तप रहा है। आरती दादी घर से निकलने के लिए तैयार खड़ी हैं। उन्हें जाना है अपनी सहेलियों और साथियों के घर। जी हाँ, वे आज समाज के दादी-दादा और नानी-नाना से मिलने के लिए निकल रही हैं। कोरोना के दौर में उनका हालचाल जानने निकल रही हैं।

आरती घर से ज्यों ही निकलने को हुईं कि अपनी दादी से उसके पोते ने पूछा, "दादी, आप सबको बचाने और समझाने जा रही हो, आपको

कौन बचाएगा? आप भी तो मेरी दादी हो न!"

स्नेह से भरी आरती ने बच्चे के मुँह से सरक रहे मास्क को उसे दुबारा ढंग से पहनाते हुए कहा, "यह (मास्क) बचाएगा मुझे।...और मुन्नू की दादी कोरोना से ज्यादा मजबूत हैं। है ना!!!"

वास्तव में, बच्चे को समझाना एक अलग बात है, लेकिन कोरोना के खतरे से निबटना बिल्कुल अलग और डरावना है। आरती ने घर-घर जाकर वृद्धजनों को कोरोना से बचाव की जानकारी दी, लेकिन दूसरों को बचाने की इस मुहिम में उन्हें दोहरी सावधानी बरतनी पड़ी। घर से निकलने से पहले उन्हें नहा-धोकर खूब अच्छे से खुद को सैनिटाइज करना पड़ता है और बाहर भ्रमण से लौटने के बाद फिर से खुद को सैनिटाइज करना पड़ता है। लॉकडाउन में कोरोना से सुरक्षा के सारे कदम उठाते हुए, उन्होंने लगातार अपने क्षेत्र के हर दादी-दादा और नानी-नाना को कोरोना से बचाव की सलाह दी।

लॉकडाउन का पहला फेज कब का समाप्त हो चुका है। यह लॉकडाउन का दूसरा फेज हैं, जो कुछ ही दिनों में गुजरनेवाला है। इस समय आरती को एक नई चुनौती का सामना करना पड़ रहा है। दरअसल, उन महिलाओं की समस्याएँ बढ़ती नजर आ रही हैं, जो गर्भवती हैं और उनका प्रसव एकदम नजदीक आ रहा है।

उस दिन सड़कें रोज की तरह सुनसान और घरों के दरवाजे भीतर से बंद थे। आरती रोज की तरह अपने घर का काम खत्म कर आज थोड़ा जल्दी निकल रही थीं कि बेटे ने पीछे से चिड़चिड़ाहट में आवाज दी, "अम्मा, फलाँ चीज कहाँ रखी है? आपको घर-घर भागने की बड़ी जल्दी रहती है। अपने घर का भी कुछ इंतजाम करेंगी?"

आरती ने हड़बड़ाहट में ही बेटे के सवाल का जवाब देकर बहस में पड़ने की बजाय उसका काम किया और फिर तेजी से निकल पड़ीं। आज आरती को नेहा केशरवानी के घर जाना है, जिसकी प्रसव की तारीख कुछ ही दिन में थी। ऐसी गर्भवती महिलाओं के यहाँ आँगनबाड़ी सहायिका को

कई बार उनके गृह-भ्रमण करना होता है और उन्हें प्रसव से पूर्व तैयारी कराते हुए अस्पताल में सुरक्षित प्रसव करवाना होता है। आरती जैसे ही नेहा के घर पहुँची तो दरवाजा खोलते ही नेहा के पति के चेहरे पर चिंता देखकर आरती की हड़बड़ाहट और बढ़ गई।

आरती जैसे ही अंदर गई, तो नेहा दर्द से कराह रही थी। आरती ने तुरंत उसके पति को वाहन का इंतजाम करने को कहा। बड़ी मुश्किल से वाहन का इंतजाम हुआ और नेहा को जिला अस्पताल पहुँचाया गया। लेकिन जिला अस्पताल में डॉक्टरों ने नेहा को भर्ती करने से इनकार कर दिया। कोरोना के इलाज और नेहा की हालत देखकर डॉक्टरों ने मामले को खतरनाक बताकर तुरंत किसी बड़े अस्पताल जाने की सलाह दी। नेहा के पति और परिवार परेशान तो थे ही, अब एकदम हताश होकर रोने लगे। बड़ा अस्पताल वहाँ से कम-से-कम दो घंटे की दूरी पर था और परिवार की आर्थिक हालत भी ठीक नहीं थी।

फिर भी आरती ने हिम्मत नहीं हारी। उन्होंने नेहा के परिवार को ढाढ़स बँधाया और काफी देर तक डॉक्टरों से बात करती रहीं। वे उन्हें मनाती रहीं कि नेहा की स्थिति ठीक नहीं है और उसका इलाज जिला अस्पताल में होना बहुत जरूरी है। लेकिन जब डॉक्टरों से बार-बार मान-मनौवल के बाद भी कुछ हासिल न हुआ, तो आरती ने बिल्कुल भी समय न गँवाते हुए फौरन दूसरे अस्पताल का रुख किया। आरती नेहा को प्रोत्साहित करतीं और उसके परिवार को समझाते-बुझाते जैसे-तैसे दूसरे अस्पताल पहुँचीं, लेकिन वहाँ गाड़ी से उतरने से पहले ही मनाही का संकेत आ गया। लेकिन आरती नहीं मानीं। वे खुद गाड़ी से उतरकर गईं और डॉक्टरों को मनाने लगीं, लेकिन इस अस्पताल के डॉक्टर तो मरीज को अपने अस्पताल के भीतर ही लाने के लिए नहीं राजी हो रहे थे। अंततः आरती उन्हें अस्पताल के बाहर ही नेहा को गाड़ी में ही देख लेने पर राजी कर ले गईं। लेकिन यहाँ से कोई लाभ न मिला। डॉक्टर ने नेहा की स्थिति देखी और मामला क्रिटिकल बताकर अपने यहाँ भर्ती करने से मना कर दिया।

अब न तो समय बचा था और न ही कोई विकल्प। नेहा के परिवारवाले इस समस्या में ऐसे डूबे कि वे बातचीत करने की स्थिति में ही नहीं रह गए। आरती के चेहरे पर भी चिंताएँ साफ हैं। आरती ने इसी अस्पताल के डॉक्टरों से बात की और उन्हें समझाया। डॉक्टरों ने बार-बार मना किया, लेकिन आरती नहीं मानीं। वे उन्हें मनाती रहीं। काफी देर तक जद्दोजहद करने के बाद डॉक्टर बिना जिम्मेदारी उठाए प्रसव करवाने पर राजी हुए। आरती ने अपनी जमानत पर डॉक्टर को नेहा की डिलीवरी करने को कह दिया।

"बढ़िया से निबट गया। जच्चा-बच्चा दोनों स्वस्थ हैं।" नर्स की आवाज सुनकर आरती ने राहत भरी गहरी साँस ली। उन्होंने डॉक्टरों को धन्यवाद दिया। प्रसव के बाद नेहा घर आ गई और हर ओर खुशी का माहौल है। लेकिन आरती की जिम्मेदारी अभी भी खत्म नहीं हुई, बल्कि अब तो शुरू हुई है। जच्चा-बच्चा की साफ-सफाई और खानपान से लेकर उनके स्वास्थ्य और पोषण की जिम्मेदारी आरती खुशी-खुशी उठाने को तैयार हैं।

गाँव की एक गर्भवती के घर कोरोना सर्वे करतीं आँगनबाड़ी सहायिका आरती सोनी। इस दौरान वे गर्भवती के परिवारवालों को जच्चा-बच्चा के बचाव की जानकारी दे रही हैं

भारत में कोरोना के केस लाखों की संख्या में बढ़ गए हैं। कोरोना की बढ़ती संख्या के बरक्स लोगों के भीतर इसका भय व्युत्क्रमानुपाती दिख रहा है। आरती भी पहले से ज्यादा कॉन्फिडेंट दिख रही हैं। उनके काम में तेजी तो ऐसे बढ़ गई है कि कोई नौजवान भी क्या करे। मैंने उनसे जब इस तरह से काम करने के बारे में पूछा तो उन्होंने बताया, "मुझे काम करते देखकर अन्य आँगनबाड़ी कहती हैं कि कैसे ये सहायिका होकर इतना काम करती हैं। कई बार तो यह हैरत शिकायत का रूप भी ले लेती है। लेकिन मुझे सीखने की चाह है, मैं सीखती रहती हूँ। मैडमजी मुझे जिम्मेदारी देती हैं। कई बार मेरी बात कुछ आँगनबाड़ी सहायिका नहीं मानतीं। तब भी मैं यही सोचती हूँ कि किसी की शिकायत नहीं करनी। मैं इतना सहयोग कर सकती हूँ कि मेरे जरिए किसी का बुरा न हो।"

आरती दादी का सपना है कि वह आँगनबाड़ी सहायिका से आँगनबाड़ी कार्यकर्त्री बन जाएँ। वे ऐसा इसलिए भी चाहती हैं कि इससे वे ज्यादा बच्चों और महिलाओं को लाभान्वित कर पाएँगी। बड़े बेटे निशांत के बाद आरती की एक बेटी है नेहा सोनी, जिसे वे डॉक्टर बनाना चाहती हैं। वे कहती हैं कि अपनी बिटिया नेहा को डॉक्टर बनाने के लिए वे हरसंभव कोशिश करेंगी। आरती दादी अपनी बेटी नेहा को पढ़ाकर ऐसा बनाना चाहती हैं कि जीवन में उसे वह समस्याएँ न झेलनी पड़ें, जो उन्होंने अपने जीवन में झेली हैं। आरती चाहती हैं कि उनकी बेटी नेहा अपनी जिंदगी को अपनी तरह से जिए। सक्रिय···! स्वतंत्र···!!

अदम्य···! कर्मण्य···!!

□□□

* 9 7 8 9 3 9 0 3 7 8 1 7 3 *
FCW - #0207 - 061026 - C0 - 216/140/7 - PB - 9789390378173 - Matt Lamination